JN058705

「早速でしゅが、病に有効と思われりゅ療法にちゅいてお話ち致ちましゅ」
幼女が大人のような口調で語り始めたので、リリーとディーン以外は目を瞬かせた。

リリー
・モーガン
マグノリアの侍女。
家計を助けるために
侍女になったが、
マグノリアの人柄に惚れこんで、
アゼンダまでついてくる。
ディーン
・パルモア
騎士になりたい
マグノリアの遊び相手にして従僕。
マグノリアのお陰で
騎士の訓練に参加できるようになり、
好意を抱いている。
マグノリア
・ギルモア
侯爵家の令嬢に転生した
元アラサー女子。
クルースで発生した
原因不明の病を治すべく
港町へ出向く。

ユーゴ
・デュカス
ギルモア騎士団
西部駐屯部隊の隊長。
優しい性格の持ち主。
発想が規格外のマグノリアに
振り回される苦労人。
イーサン
・ギルモア
ユーゴ付きの副官。
腹黒系に見えるが
実は隠れ熱血漢(!?)
領主代行としてやってきた
マグノリアを警戒している。
アーネスト
クルースにある露店の
陽気な少年店員。
大陸最南端の国出身で、
どこか神秘的な美男子。
ほかの令嬢と一線を画す
マグノリアの知性に興味津々。

「……ここに居ても、良いのでしゅか？」
クロードが困ったように薄く笑うと、
小さな姪っ子を自らの膝に乗せ、
取り出したハンカチでそっと頬と瞳を押さえた。
『ここ以外に何処へ行くつもりなんだ？』

転生アラサー女子の
異世改活

政略結婚は嫌なので、雑学知識で楽しい改革ライフを決行しちゃいます!

Reincarnated Maiden's Reformation Activities
in Another World!

2

Author
清水ゆりか
Illustrator
すざく

口絵・本文イラスト　すざく

2

Reincarnated Maiden's
Reformation Activities
in Another World!

CONTENTS

プロローグ　旅は道連れ世は情け　アゼンダへ移動中

ＳＯＳ！　ＳＯＳ!!　ただ今ピンチです。

五人でピクニック宜《よろ》しくやや遅《おそ》めの朝食を摂《と》っていたところ、静かな湖畔《こはん》の森の陰《かげ》から、何故《なぜ》か大きな蟻《あり》らしきもの（体長約二メートル）が湧《わ》いて出て。その五匹《ひき》に囲まれまして。

……めっちゃキモいです（涙目《なみだめ》）。

「……魔虫《まむし》って、北の森に、たまにちか出にゃいんじゃにゃかったっけ？」

「この辺は北の森の一部なんすよぉ」

緊張感《きんちょうかん》のないガイが説明する。

マグノリアはひとり、頭の中に地図を広げてはそうかと納得《なっとく》した。――大きな大きな森を挟《はさ》んで、あちら側にはモンテリオーナ聖国があるのだった。

前世なのか何なのか、地球での感覚が強いマグノリアは、感覚的に国境ということに意識が向きにくい。日本は四方を海に囲まれている。つまり、外国は常に海の向こうなのだ。

だから地続きの森の奥《おく》の奥が、実は国境だということをついつい忘れてしまう。

「ジャイアントアントだな」

セルヴェスが虫の説明をする。

（つーか、そのままやん!!）

心の中で盛大《せいだい》に突《つ》っ込《こ》みを入れていると、『キッシーーッ！』と変な声をあげてジャイアントな蟻さんが鳴いた。

（蟻、鳴くんかーい！）

虚《うつ》ろな瞳《ひとみ》で突っ込みを再度入れている間に、『アゼンダの黒獅子《くろじし》』ことクロードが走りながら腰《こし》の長剣《ちょうけん》を払《はら》い、一瞬《いっしゅん》で真一文字に巨大《きょだい》な蟻を切り裂《さ》く。まさに風の如《ごと》し。

断末魔《だんまつま》の叫《さけ》び声と共に、マグノリアとリリーのすぐ横に蟻（上半身）が倒《たお》れ込む。遅《おく》れて土煙《つちけむり》が舞《ま》った。

「「ひぃぃ～～～!!」」

蟻のつぶらなおめめ（巨大）と目が合ってしまい、リリーとふたり抱《だ》き合って震《ふる》える。

更《さら》に遅れて傾《かし》いだ太い脚《あし》のギザギザが顔の前をかすめ、より涙目になった。

ちょっとちょっとーーっ!?　この異世界ってば、魔《ま》法《ほう》がないくせに（注：お隣《となり》のモンテリオーナ聖国にはある）、こんなところに要《い》らんほうのファンタジー感を出してこないでほしいんですけど!!　である。

そして、転生者って、俺《おれ》TUEEEEE的な感じじゃありませんでしたっけ？

欠片《かけら》も無いんですがこれ如何《いか》に？

爺《じじい》TUEEEE、叔父《おじ》TUEEEEEではありますけど、彼《かれ》ら現地人（？）ですよ。

大いに心の中で世界観に文句を垂れていると、『悪魔将軍《あくましょうぐん》』と呼ばれる伝説の騎士《きし》（齢《よわい》六十）が蟻を拳《こぶし》でぶち抜《ぬ》き、もう一匹は蹴《け》りでぶっ飛ばしては三メートル程《ほど》先の大木に叩《たた》きつけていた。バタンキューである。

伝説の騎士……格闘家《かくとうか》でしたっけ？

まあ、如何《いかん》せん『悪魔』ですもの。大差ありませんや。

そうこう言ってるうちに、ガイが手堅《てがた》く短剣《たんけん》と長剣の二刀流でそつなく地味に蟻・その四を切り刻む。……なんだろう、微妙《びみょう》に怖《こわ》いのだ、そのやり口が。

そんなことを考えていた一瞬の隙《すき》をついて――蟻・その五が大きな顎《あご》と歯をカチカチさせながら、マグノリアとリリーの前で大きく振《ふ》りかぶっていた。↑今ココ！

そう、何《なに》を隠《かく》そうマグノリアは転生者（仮）だ。

なぜ（仮）かというと、基本的には、普通《ふつう》は、常識的には、二十一世紀の日本の彼女《かのじょ》が契約《けいやく》している駅近ワンルームで夢でも見ている筈《はず》だからである。

今から約五か月前の風薫《かぜかお》る晩春の日。

地球の日本という国の三十三歳《さい》の女性が、朝起きたらなぜだか異世界らしいアスカルド王国という国の、とある侯爵《こうしやく》家の三歳のご令嬢《れいじょう》として目が覚めたのだ。ありえないっしょ。

それでもって、転生生活を続けて五か月程した十一月のとある秋の日。

ちょっと（？）実家ですったもんだがありました。ってことで、祖父と叔父の暮らすアゼンダ辺境伯《へんきょうはく》領へ居候《いそうろう》しにやって来たところなのである。

三日前にリリーのご両親に会い、宜しくどうぞとご挨拶《あいさつ》し。お互《たが》いに何かスミマセンって、ヘコヘコして固い握手《あくしゅ》をした矢先なのに。

やっと軟禁《なんきん》生活から解放されたぜ！　だったのに。

旅の途中《とちゅう》で可愛《かわい》い服も数着買って貰《もら》った――愛らしい（？）幼女にだけボロい恰好《かっこう》をさせておくのが居たたまれなかったようだ――のに。

（異世界転生させるなら、有益な専門知識を持ってる人を選出希望だよ。一般人《いっぱんじん》連れてくるなら凄《すご》い能力を持たせるとか、なにかこう、よさげな特典はないわけ⁉）

マグノリアは逆切れ気味である。

（元の記憶《きおく》は穴あきだわ！　魔法が使えるでもないわ‼　強いわけでもないわ‼　天才な

わけでもないわ！！！！）

もう怒《おこ》った！　理不尽《りふじん》で不条理な世界に激おこ（死語）である。

「キッシャー!!（威嚇《いかく》）」

「むっき〜〜〜っ!!（威嚇）」

……マグノリア本人は無自覚だけども、物凄《ものすご》い美貌《びぼう》を与《あた》えられてはいる。如何せん未《いま》だ幼女なので、すっごい可愛いね！　の範疇《はんちゅう》だけれども。

元・本人のパーソナルデータはないけれど、地球の記憶が封《ふう》じられているわけでもない。中世と近世がごっちゃになったこの世界、数百年先（推定）の知識があるアドバンテージはなかなかのものである。――ただ二十一世紀の地球においては極々普通《ごくごくふつう》のものなので、本人は全くもって有難味《ありがたみ》はないのが実情だけれども。

とっても可愛い筈の顔をヤバい感じに盛大に歪《ゆが》めて、ぎゅぎゅぎゅぎゅー!!　っと眉《まゆ》と目を吊《つ》り上げる。健気《けなげ》にもこの辺境の地について来てくれたリリーを守るため、お腰につけたライラ印の鎚鉾《つちほこ》を握《にぎ》った。

立場が逆転しているのはなぜなのだろう。彼女は護《まも》られるべきお嬢様《じょうさま》ではなかったのか。

いや、隣に悪魔も黒獅子も暗殺者もおるやん？　本来のというか、元の冷静なマグノリアなら速攻突《そっこうつ》っ込みを入れることであろう。

自ら敵に立ち向かう前に、普通助けを求めるやん？　とか思うけど。とにかく。

（……ヤられる前にヤッてやる）

「マグノリア様！」

「ふんっがーーーっ!!」

……何だか面白《おもしろ》いことになってるので、アゼンダの三人衆（祖父、叔父、隠密《おんみつ》）はまったりと幼女と蟻さんの戦いを眺《なが》めることにした。

勿論《もちろん》、危機となる前に蟻んこは潰《つぶ》す。物理で。彼等《かれら》にとってジャイアントアントはそう危険な生物ではない。……いや、一般的《いっぱんてき》には大変な危険生物である。念のため。

それより目の前の幼女の様子が大変におかしい。こう見えて彼女、現在アスカルド王国の未婚《みこん》女性ナンバーワンの地位を持つ美姫《びき》である。そしてなかなか優秀《ゆうしゅう》で抜け目《め》ない。

……中身三十三歳が入ってる四歳なので無理もないのだが、勿論《もちろん》彼等はそれを知らない。

ちてちてちてちてちて！　と早歩k……走って、蟻さんの後脚《あとあし》――立ち上がっているのでそこが一番狙《ねら》いやすい――を叩く!!

「とおぉうっ！」

ぺこ。

「ぶっふぉ！」

鎚鉾が火を噴《ふ》かないで、ガイが盛大に吹《ふ》いた。

「キシャ……？」

「キシャ？　じゃねぇじょ、ゴラァ！　【ピーーーーー!!（自主規制）】」

お嬢様にあるまじき罵声《ばせい》の数々は規制された。

蟻さんは戸惑《とまど》いながら、暫《しば》し右に左に首を傾げていたが、目の前の幼女が大変お怒《いか》りであることは察したらしい。なかなか出来た蟻である。

祖父と叔父はしょっぱい顔でマグノリアを見ている。

……特にこの中で一番常識人な、叔父というよりは兄と言ったほうがよさそうな程に若いクロードは、彼女の令嬢とは思えぬ口の悪さに後程《のちほど》お説教する気マンマンである。

そして案の定、笑いのツボを突かれまくりのガイは、その横で膝《ひざ》と両手をついてプルプルと震えている。

「…………（困）」

「…………（怒）」

暫《しばら》く睨《にら》み合った後、蟻さんは自分のつなぎ目？　関節？　から小さな結晶《けっしょう》を出すと、そっとマグノリアに渡《わた》した。

「ん？」

そしていそいそと森へと帰って行ったのだった――――　完

「？？？？」

盛大に首を傾げるマグノリアの手を、ガイが覗《のぞ》き見る。

「蜂蜜《はちみつ》の結晶っすね。多分、飴玉《あめだま》くれた感覚じゃねぇですか？　……ぐふ、ぐふぅ」

……なんだか嫌《いや》な笑い方をしてくる。飴玉……キラキラとしたマグノリアの手のひら程の、薄《うす》黄色の塊《かたまり》をみつめる。

魔虫な蟻ってば、怒れる幼児にお菓子《かし》（？）をくれたらしい。意外に賢《かしこ》いなと思いながらも、何だろう、ちょっとイラッとする。

「……ていうか、逃がちても平気にゃの？」

「飴《あめ》をくれたのに、倒したら可哀想《かわいそう》じゃないか。それよりも」

叔父が落ち着いたバリトンボイスで返す。

いつもながら、無駄《むだ》にいい声だ。そして眉根《まゆね》に渓谷《けいこく》を作り、何だか不穏《ふおん》な空気が……

「え～～～？」

（さっきは問答無用で真っ二つにしておいて、何故にそこだけ律儀《りちぎ》なの？）

……何はともあれ。森での潜伏《せんぷく》生活は自身には無理と悟《さと》るマグノリアであった。

倒した魔虫の身体はいつの間にか消え、後には小さい魔石が残っていた。モンテリオーナ聖国で作られているという魔道具《まどうぐ》を動かすために、こういった魔石を使うのだそうだ。ちょっとファンタジーだなと思いながら、さっきまで動いていた蟻を思うとやるせない。土の上に転がる薄紫《うすむらさき》色の魔石をみつめる。ガイは丁寧《ていねい》に拾うと、小さく祈《いの》りを捧《ささ》げたように見えた。

マグノリアは、固まったままでいるリリーの背中をそっと撫《な》でる。

そして何事もなかったかのように、一行は馬車を進めるために動き出した。

第一話　森と湖の国

窓の外は一面の雑木林が広がっている。そしてあちこちに点在する蒼《あお》と碧《あお》の湖。

樹々《きぎ》の間からは時折畑が見え、収穫《しゅうかく》を待つ黄金色《こがねいろ》の麦が一面に広がっていた。とても長閑《のど》か《か》で風光明媚《ふうこうめいび》な場所だ。

アゼンダ辺境伯領は、過去にはアゼンダ公国と呼ばれた小国であったという。西側は海に面し、三方は堅牢《けんろう》な城壁《じょうへき》に囲まれていた。北側は巨大な森を挟んでモンテリオーナ聖国、地続きに東側をアスカルド王国、南側をマリナーゼ帝国《ていこく》という三つの大国が隣し、更にその隙間《すきま》を縫うように小さな国が接している。若干《じゃっかん》縦に長いこの領地は、端《はし》から端までを馬車であれば一日で移動できる程に小さな国――領地だ。

イメージとしては、大きくもなく小さくもない、よくある普通の大きさの都道府県ひとつ分くらいの大きさである。

馬車の中では延々と腕組《うでぐ》みしたクロードが説教を垂れ流していた。

「いったい、あの言葉遣《ことばづか》いは何なんだ？　とても令嬢が発した言葉とは思えんぞ」

「命の危機だったのでしゅ。言葉とかご令嬢とか、緊急時《きんきゅう》に構っていりゃれまちぇんよ」

「少しは構いなさい。そして命の危機などあるまい？　父上も俺も、ガイもいただろう」

確かに。冷静に考えればマグノリアが出張らなくても猛者達《もさたち》がいたのだった。

……身体が幼児化するに伴《ともな》い、思考能力というか精神的にというか、体年齢《ねんれい》に引きずられるというか。まるで子どもに戻《もど》ったように感じることがままある。では純粋《じゅんすい》な幼児かと言われると、それはそれで違《ちが》うとは思うのであるが。

生き直しなのか生まれ変わりなのか。ある程度年齢にあった心理の働きなのか。

——たとえば、人間は持てる力を百％で出さないよう自然と制御《せいぎょ》されているそうだ。フルで力を使えば筋肉や腱《けん》といった、身体の至る場所が自身の力に耐《た》えられず壊《こわ》れてしまうからだ。——それに似たようもの——心理的な自己防衛策が取られているのかもしれない。

そんなことを頭の片隅《かたすみ》で考えながら、マグノリアはふくふくとした頬《ほお》を膨《ふく》らます。

「文句を言うより、助けて欲ちかったでしゅ」

声を出さずにリリーも頷《うなず》く。もっともである。

「しかしなぁ。あんなに無防備なんでは恐《おそ》ろしくて庭も歩けまい？」

同じく腕組みしたセルヴェスが唸《うな》りながら、孫娘《まごむすめ》を心配するあまり妙《みょう》な懸念《けねん》を漏《も》らした。

「……庭も安心ちて歩けにゃいって。アジェンダはどんにゃ魔境《まきょう》なんでしゅか！」

「そんなわけないだろう」

呆《あき》れたようにクロードが返す。セルヴェスはマグノリアに対して過保護なのだ。だって、小さくてふわふわで、まん丸い生き物なのだもの。

胡散臭《うさんくさ》い笑顔《えがお》の長男に仏頂面《ぶっちょうづら》がデフォルトな次男。乱雑な孫息子《むすこ》。脳筋な騎士団《きしだん》の面々……に囲まれていたので、見た目は天使か妖精《ようせい》かという様子の小さな小さな孫娘がとても可愛いくって仕方ないのだ。そして見かけによらず、気骨のある心根もよし。

まあ、顔の造形そのものはあのというか、例の自分《セルヴェス》の母親に似ているのだが……そこは考えない。雰囲気《ふんいき》が、存在そのものが可愛いからよいのだ。


馬車は暫く走り、小さな中心街を抜け再び緑が増えだすと、遠くに領主館が見えてくる。

それなりには大きいが、領主の館としてはこぢんまりしているほうだろう。

小さな薄茶《うすちゃ》のレンガの壁《かべ》に茶色い瓦屋根《かわらやね》。蔦《つた》の這《は》った壁にはピンクと白の小さい花が咲《さ》いている。

（まるで、絵本に出てくるお屋敷《やしき》みたいだ……）

筋肉ダルマの大男と、気難し屋の大男が住んでいる家には見えない。

マグノリアの新しい居候先だ。

緩《ゆる》やかなカーブを曲がるときに窓から屋敷のほうを見ると、使用人と屋敷を警護する騎士らしき人々が、正面にずらりと勢ぞろいをして主《あるじ》たちの到着《とうちゃく》を待っている姿があった。

程なくしてゆっくりと玄関《げんかん》の前に馬車が止まると、使用人一同が揃《そろ》って頭を下げる。

「お帰りをお待ちしておりました」

マグノリアは馬車を降りる際に祖父の左腕《ひだりうで》に抱《かか》えられていたが、ゆっくりと降ろされて使用人たちを見回した。家令らしい初老の男性がにこやかに顔を上げる。

その顔が、王都のタウンハウスで家令をしているトマスにそっくりなので驚《おどろ》いて朱鷺《とき》色の瞳を見開いたが……それよりも気配というかオーラというか……何ともいえない禍々《まがまが》しい雰囲気を発していた。

家令は突然《とつぜん》出て行った領主に一瞬凄《いっしゅんすご》みのある微笑《ほほえ》みを向けたが、すぐにマグノリアに向き直った。その顔は好々爺《こうこうや》としており、その変わり身の早さに却《かえ》って戦慄《せんりつ》する。

ここに来るまでの間、今後について色々と話し合った。

基本居候でしかない（と思っている）マグノリアは、余程《よほど》変なことでない限りは祖父と叔父に従うつもりだ。そしてそのふたりも、マグノリアに何か不都合を押《お》し付ける気は全くもってない。それどころかそんな奴《やつ》がいたらぶっ飛ばす（物理で）気満々である。

まずお披露目《ひろめ》をしないことにより、若干ヤバい感じになっている出自をどうするか確認《かくにん》をした。お披露目していないのは、セルヴェスが孫の存在を知らないことからしても全員承知の上だろうけど。更には軟禁生活をしていたために交渉《こうしょう》して（？）家を出て来ました……と、古参の使用人とはいえ言ってしまってよいものなのだろうか。みっともない現実は、嘘《うそ》はつかずともなるべく晒《さら》さないほうがベターであると思うのだが。

とはいえ苦《くる》し紛《まぎ》れに親類の子どもと濁《にご》したところで、この見た目から曾祖母《そうそぼ》の縁者《えんじゃ》なのは丸解《まるわか》りだろう。——隠すような子どもなら、一般的には庶子《しょし》だと思われる筈だ。

父であるジェラルドの隠し子《ご》か、祖父であるセルヴェスの隠し子（!!）か。

……ありえないことに、養子である叔父にまで祖父の隠し子説があるそうなのだ。

そんなまどろっこしいことをするくらいなら、セルヴェスの性格ならはっきり自分の子どもと公言するだろうに。

そんなこんなで、ヘタをすると叔父の隠し子というねじりにねじ曲がった珍説《ちんせつ》まで飛び出しかねないだろう（まだ十九歳なのに！　四歳の子持ちとか!!）……そう力説すると。

「別に、あるがまま、ジェラルドの子どもって言って構わんよ？」

祖父は不思議そうに目を瞬《しばたた》かせると大丈夫《だいじょうぶ》大丈夫、と全然屁《へ》のカッパみたいに流して終わりだった。――大丈夫とは？

（まあ、自分のケツは自分で（ジェラルドが）拭《ふ》けというやつか）

元締《もとじ》めからGOサインが出たので、居候の身としては素直《すなお》に従っておくことにする。


マグノリアは姿勢を正し淑女《しゅくじょ》の礼をとった。

「初めまちて。ギルモア侯爵家が一女《いちじょ》、マグノリアと申ちましゅ。本日よりご縁《えん》があり、こちらでお世話になりましゅ。どうぞよちなに」

にっこりと美幼女の微笑みもつけておく。

……後ろで口うるさい叔父が腕《うで》を組みながら採点しているに違いない。

どこかで見たことのある……どころか、タウンハウスにいた家令にそっくり瓜二《うりふた》つである白髪《はくはつ》の家令は、優《やさ》し気《げ》に微笑み礼を取る。

「家令を務めておりますセバスチャンと申します。マグノリア様、ようこそアゼンダ辺境伯領へ」

（……セバスチャン）

そう名乗った彼は、年齢に似合わず背筋を真《ま》っ直《す》ぐに伸《の》ばしている。ピシッとお仕着せを纏《まと》い白髪を撫で付け、微笑みながらもその姿には一分の隙も無い。

出来る執事《しつじ》（家令）感をビシバシと放出している。

マグノリアは彼女が知る執事（家令含《ふく》む）リストに、新たに一名のセバスチャンを追加した。

「……あいがとうごじゃいまちゅ」

マグノリアの声に、再び使用人一同が深々と頭を下げた。

「マグノリア、疲《つか》れていないなら後で執務室《しつむしつ》に来なさい」

クロードがクラバットを緩めながら急ぎ足で歩いて行く。約一週間留守にしていたのだ、仕事が溜《た》まっているのだろう。お疲れ様《さま》なことである。

なおセルヴェスは邪悪《じゃあく》な顔をしたセバスチャンに首根っこ引っ掴《つか》まれて、問答無用で引きずられて行った。……いったい何があったのだろうか。

騎士らしく大股《おおまた》で歩いて行く叔父を見送れば、侍女《じじょ》らしいおばあちゃんがにこにこしながら声をかけてきた。

「お嬢様、初めまして。侍女頭のプラムと申します」

「マグノリアでしゅ。よろちくお願いちましゅ」

「リリーと申します！　宜しくお願い致《いた》します!!」

新しく上司になる人の登場に、リリーは緊張した顔で元気に挨拶する。

「それではお部屋へ案内いたしましょう。リリーさんは後ほど使用人用のお部屋へ案内しましょうね」

屋敷の中は落ち着いた雰囲気で、古くからある邸宅《ていたく》という感じだった。アイボリーの壁に、木目が美しい濃《こ》い飴色《あめいろ》の腰板《こしいた》。使《つか》い込まれた絨毯《じゅうたん》。木の額に飾《かざ》られた風景画の数々。ちゃんと生活感を漂《ただよ》わせる館。

（領主邸《てい》はアゼンダ公国の王宮ってわけじゃないんだ。敗戦国だから、どこかで打ち壊しにでもあって、もうないのかな……？）

ピカピカに磨《みが》き込まれた階段を上りながら考える。

幾《いく》ら小国とはいえ、王宮や宮殿《きゅうでん》はこの館の比ではないであろう。綺麗《きれい》に手入れをされてはいるが、どうみても普通……それどころか、城に住む本当の領主から小領地を与えられた、地方の雇《やと》われ代官の館といった雰囲気だ。……別に城に住みたいわけではないが、三日ほど駆《か》け抜けた馬車の中から見た他の領主邸とは、だいぶ趣《おもむ》きが違うように感じられた。ともかく。せっかく善意から世話になるのだ。少しは領地のためになることをしたい。

（それには色々調べないとだよねぇ……）

道すがら観察した領地の様子を反芻《はんすう》しながら、今後調べることを考える。

案内された部屋は日当たりのよい、地球でいうフランス窓が印象的な広い部屋だった。

「こちらは生前、大奥様であるアゼリア様が使っていらしたお部屋なのですよ」

「しょうなのでしゅね。ちなみに、おばあちゃまは……？」

曾祖母はともかく、祖母は屋敷の何処《どこ》かに居るのではないかと思い確認すると、プラムはへにょっと眉を下げる。

「ルナリア様も数年前にお亡《な》くなりです」

「……しょうなんでちゅか。残念でしゅ」

（お祖母《ばあ》ちゃんは『ルナリア』さんか。誰《だれ》かに聞いて、そのうちお墓参りに行こうかな）

しんみりした空気を振り払うように、プラムは笑顔で続ける。

「クロード様がこちらにいらっしゃった時は、もう大きかったので子ども用の家具をお使いにならなくて。お知らせを受けて急いで揃えましたので、落ち着きましたらお嬢様のお好みの家具を注文いたしましょうね」

ご令嬢なら当たり前の心遣《こころづか》いがこそばゆい。

「いえ。急がせてちまってごめんにぇ。お借りちてる人に返しゅのでないにゃら、このまま使わしぇてもらいたいのだけど」

「でも、お嬢様がお使いになるには……」

確かに部屋に備え付けられている家具類は、飾り気《け》の少ない、ご令嬢が使うにはいささか簡素過ぎるものだ。急に小さい子どもが来ると聞き、急いで探してくれたのであろう。

「大丈夫でしゅ。前は大人にょ家具を、踏《ふ》み台《だい》で使ってたんでしゅもん。しょれに比べたりゃ使い易《やす》いでしゅよ」

プラムはリリーに視線を向けて辛《つら》そうに一つ頷いては、部屋の隅《すみ》に置かれた荷物をみる。

「……お荷物はあちらですか？」

「しょうでしゅ。リリー、申ち訳にゃいけどクローゼットに片付けてくれりゅ？」

ふたつ返事で動き出すリリーの作業を目で追って、プラムは息を呑《の》む。

家具の話といい手持ちの服といい、実家での暮らしぶりを察したのだろう。

「しょれより執務室に行かにゃいと」

「お疲れではありませんか？　馬車にずっと揺《ゆ》られて……クロード様も疲れていなければと仰《おっしゃ》っていましたし、お疲れならそのようにお伝えして参りますよ？」

「大丈夫でしゅ。お話ちちておきたいこともありましゅち」

プラムは心配そうに執務室までマグノリアを連れて行くと、リリーと連れ立って行った。

これからリリーはいろいろと案内や説明を受けるのだろう。

（頑張《がんば》れ、リリー！）

後姿にエールを送る。

知人が誰も居ない場所での新しい生活は、きっと心細いこともたくさんあることだろう。

（なるべくたくさん、話を聞いてあげよう）


扉《とびら》をノックをすると直ぐに返事がある。断って入室すると、セルヴェスとクロードが執《しっ》務机《むづくえ》に、そして小さい男の子がソファに座《すわ》っていた。

「参りまちた。わじゃわじゃ家具を手配ちて下しゃって、あいがとうございましゅ」

「おお、マグノリア！　疲れてはいないか？　お菓子は食べるか？」

しおしおと萎《しお》れていたセルヴェスが、孫娘を見た途端《とたん》元気になる。

クロードは呆れながらもため息を呑《の》み込んで、マグノリアと少年を見た。

「家具は間に合わせだから後ほど好きなものを選ぶといい。マグノリア、こちらはディーン・パルモアだ。君の遊び相手兼従僕《けんじゅうぼく》と言ったところだな」

言われるや否《いな》や、ソファから勢いよく立ち上がり、直立不動で気を付けをする。

「ディーン・パルモアです！　パルモア男爵家《だんしゃく》三男、侍女頭プラムの孫で、六歳です！よろしくお願いします!!」

緊張しているのか、言い含められてきたのか。やや頬を紅潮させとっても元気なご挨拶にほっこりとする。

ディーン少年は亜麻色《あまいろ》の髪《かみ》がクルクルと巻き毛になっていて、青に墨《すみ》を混ぜたような色合いの瞳をした愛らしい少年だ。……何気に周りの人間の顔面偏差値《へんさち》が高くて驚く。彼も将来は大変有望そうな見た目である。

「マグノリア・ギルモアでしゅ。先日、四しゃいになりまちた。よろちくね」

「はい！」

ディーン以外の三人は、初々《ういうい》しい男の子の様子にうんうんと頷く。

「えーと。お時間がよろちければ、いくちゅかお話がありゅのでしゅが」

「構わんよ」

セルヴェスは仕事をサボれるのが嬉《うれ》しいのか、それとも孫娘との語らいが嬉しいのか、食い気味に返事をする。

「ディーンは用事がありゅなら、退室ちても大丈夫よ？」

「……えーと？」

困ったように視線を彷徨《さまよ》わせている。

「差支《さしつか》えがないならディーンもここに居なさい。これからマグノリアに振り回される一員

になるんだ。心構えのためにも聞いておくといい」

何気にクロードが酷《ひど》い。マグノリアは眉を寄せる。

「わたくち、何もちてましぇんよね？」

「無自覚なのだな」

無表情ですっぱりと言い捨てられた。酷い。

それは取り敢えず置いておいて、気を取り直して指を折りながらあげて行く。

「家具はあのままでお願いしましゅ。まじゅ、一つ目は叔父ちゃまの呼び方。二つ目は叔父ちゃまの婚姻《こんいん》について。三つ目はわたちの処遇《しょぐう》について。四つ目……」

「待て待て待て。情報が多い！」

クロードは頭が痛そうに、不機嫌《ふきげん》丸出しの仏頂面をした。

セルヴェスとディーンはそれぞれ瞳をパチパチと瞬かせている。

「まず順番にだ。家具は本人がよければ何でも構わん。……俺の呼び方とは何だ？」

「叔父ちゃまが、どうしても叔父ちゃまのほうが良けりぇばしょうがないんでしゅけど。差し支《つか》えなけりぇば『クロードお兄ちゃま』って呼んでもいいでしゅか？」

セルヴェスは息子を揶揄《からか》うように、にやぁっと笑う。

クロードは一瞬口をもごっとさせたが、不思議そうに首を傾げた。

「好きに呼んで構わんが、何故だ？」

「だって、まだ十九歳の少年を叔父って。……居た堪《たま》れないのでしゅ」

「「「…………」」」

（アスカルド王国の成人は十八だから、世間的には大人なのだろうけれども）

……中身三十三歳なのに、青年と言うよりまだ少年な男の子を『おじさん』って呼ぶって、何の罰《ばつ》ゲームなのか。おっちゃん的な『オジサン』と親戚《しんせき》の『叔父さん』は意味が違うとはいえ、もの凄く言い難《にく》いのだ。

「…………。どっちでも構わん。二つ目の俺の婚姻とは何だ」

「婚約者《こんやくしゃ》はいらっしゃいましゅか？　近々婚姻のご予定は？」

「居ない。予定もない。何故だ」

「いや……結婚《けっこん》しゅる家に居候が、それも小しゃい子どもがいりゅって、相手にちたらどう考えても嫌でちょう？」

なぜだかクロードはげんなりした顔であるが……とはいえ、何処か別の場所でふたりで暮らすならまだしも、跡継《あとつ》ぎという立場からお相手は否応《いやおう》なくこの家にお嫁《よめ》入だろう。

……ただでさえ筋肉マッチョ過ぎる舅《しゅうと》がいるのに、よく解らない幼女までいるって何それの世界である。更にこの先、何年一緒《いっしょ》に住むか解らないとか、絶対ノーサンキューだ。

「もち決まったりゃ、しゅぐ教えてくだちゃい。家を探しゅので」

彼は十九歳。年齢的《ねんれいてき》にも家柄《いえがら》的にも、この異世界ではすぐの案件であろうからして。

「色々と言いたいことはあるが、まあいい。三つ目は？」

「わたちって、平民とちて暮らしゅことは可能でちょうか？」

「……基本無理だな。何故だ」

何か面倒《めんど》そうに言い捨てられたので顔を見れば、表情も大変に面倒そうであった。

「……曾祖母《ひぃおばぁ》ちゃま関連の問題にゃら、おじいしゃまやクロードお兄ちゃまの目が届く、領地の片隅（？）で大人しく地味に暮りゃせば、危険はにゃいと思うんでしゅけど？」

「ここに居るのが嫌なのか？」

セルヴェスがどこかしょんぼりと、確認するように聞く。

「嫌ではないのでしゅ。でしゅが、何というか……自分が社交界で上手《うま》く生きて行く自信もありまちぇんし、あまり目立ちたくもありましぇん。貴族とちて生きて行かにゃいなら、お披露目問題や面倒《めんどう》にゃ噂《うわさ》も出にゃいでしょう。平民とちて住居を変えれば、先の居候問題も一気に片ぢゅくと思うのでしゅけどねぇ」

セルヴェスとクロードが顔を見合わせる。

……ディーンは出来るだけ小さくなり、遠い目をして我関せずを決《き》め込んでいるようだ。

「……マグノリア。お前はとても賢い。だから色々考えてしまうんだろうが」

セルヴェスが優しい声で続ける。

「この数日の様子を見るに、社交界でも充分《じゅうぶん》立派にやって行けるだろうと思う。だが好きでない、目立ちたくないなら社交なんぞ最低限にすればいいし、なによりまだまだ先の話だ。お披露目に関してはジェラルドが適当に火消をするし、噂なんぞ勝手にさせておけばいい。居候問題は、そもそもクロードに相手が出来てから考える。なんなら領地全部を、一切合切《いっさいがっさい》綺麗《きれい》さっぱり全て引継《ひきつ》いでクロードに任せるから、マグノリアは儂《わし》と一緒に好きなことをすればいいと思う。幾らしっかりしていても、小さい子供は特別な事情がない限りは、家族と一緒に住むものだと思うよ」

「おじいしゃま……」

家族らしい言葉に（一部微妙なところはあったが）、なんだか申し訳なさが募《つの》る。

賢くなんてないのだ……大人の記憶や知識があるからそう見えるだけで、全然。

クロードが続けて尋《たず》ねる。

「四つ目は何だ」

「……何だしかないのでしゅ。取り敢えじゅ、今はいいでしゅよ」

マグノリアが小さく口を尖《とが》らせて答えると、ふっと小さく笑われた。

「で、どうだ？」

クロードがディーンに確認すると、大層困ったような、それでいて絶望の表情を浮《う》かべた男の子が居た。

「……俺に、務まるでしょうか……？」

（え、何かしたっけ？　何もしてないし、ただ話しただけだよね？？？）

本当に失礼な奴らである。マグノリアはそう思いつつ、盛大に眉を顰《しか》めた。


部屋を出ると、廊下《ろうか》の先のほうにセバスチャンが見える。

マグノリアが小走りで近寄ると、気付いて足を止めた。

「セバスチャンしゃん、確認がありゅのでしゅが。今、しゅこちだけいいでしゅか？」

「はい、大丈夫でございます。……それと、私のことはどうぞお呼び捨て下さいませ」

きちんと屈《かが》み、膝をついて目線を合わせてくれる。細かいところにも気を利《き》かす、出来る家令である。マグノリアはマグノリアで、彼が辛くはないか……手に持っている書類が重くはないことを確認する。

「みっちゅあるのですが。まじゅ、屋敷に図書室はありましゅか？　ある場合出入りは自由でしゅか？」

「はい、ございます。勿論自由にご利用いただけますよ。プラムに言えばすぐにご案内出来るかと思います。絵本などは……残念ながら無かったかと思いますが、近くお取り揃え致しましょう。……たとえば、当家は妖精に所縁《ゆかり》ある家柄でございますし、あまり広くは知られておりませんが、アゼンダは実はエルフの血を引いた人間の王が始祖だとも言われております。そんな双方《そうほう》に縁を感じる、有名な『森の賢者《けんじゃ》と妖精』の話などはいかがでしょうか？」

今は黒いオーラは微塵《みじん》もなく、好々爺といった雰囲気だ。

（……エルフと妖精……？）

女の子は妖精やお姫様《ひめさま》といった可愛らしいものが好きだ――短絡的《たんらくてき》な決めつけに苦笑いをしつつも、不思議生物である二種族の組み合わせはどこか心躍《おど》るのも確かであった。

「う～ん……でも、エルフと人間って、本当に結婚出来りゅのでしゅかね？」

子どもらしくないマグノリアの反応に、セバスチャンは内心で汗《あせ》を拭《ぬぐ》う。

「…………多分、出来るのかと……？　そうして生まれた混血のエルフは、『ハーフエルフ』と呼ばれているかと」

「…………まあ、妖精や神様とさえ異類婚姻《こんいん》、出来りゅんでしゅものねぇ？」

「…………」

もろファンタジーだ。若干の作り話臭《くさ》さを感じつつも、無理やり自分を納得《なっとく》させる。

「曾祖母ちゃまのご出身が、たちか妖精国・ハルティアでしゅよね？」

話を合わせるようなマグノリアに対し、我《わ》が意を得たりとセバスチャンが大きく頷く。

「左様でございます。ハルティアをご存じなのですね！」

「あ、はい。まあ……？」

思ったよりも強い圧に、マグノリアは思いっきり顔を仰《の》け反《ぞ》らせた。

とはいえ、実際には絵本よりも実用的な本のほうが欲《ほ》しいのだが……こんなに喜んでいるのに断るのもどうなのか、微妙《びみょう》なところだ。適当に切り上げて話を進めることにする。

「ふたちゅめは、お手紙を出ちたいので筆記具一式を貸ちて欲しいのでしゅ」

「承知いたしました。後ほどお部屋にお届けいたします」

「みっちゅめは、王都のダフニー伯爵《はくしゃく》夫人を知っていましゅか？」

「はい。勿論」

よかった、と息を吐《は》く。

「『ダフニー』って、お名前でしゅよね？　ファミリー・ネームは解りましゅか？」

「ルボワール伯爵夫人でございます。夫人にお手紙を出されるのでしたら、住所も存じておりますので代筆いたします」

「あいがとうごじゃいましゅ。……けれど、何故《なぜ》『ダフニー伯爵夫人』と呼ばれていりゅのでしょう？　普通《ふつう》『ルボワール伯爵夫人』よにぇ？」

貴族名鑑《めいかん》でフルネームを確認するのを忘れていたのだ。もちろんこの屋敷にもあるだろうけど、聞いたほうが早いのではと思ったが、正解だった。

マグノリアの疑問を聞き、なるほどというようにセバスチャンは頷く。

「アスカルド王国は女性の御名《みな》を大切にする慣習がございます」

「しょの子の一生を、お花の女神様《めがみ》が護ってくりぇるから、よね？」

「はい。よくご存じでいらっしゃいますね。何かしらの功績が認められた女性へは、ご本人の栄誉《えいよ》を称《たた》え御名に爵位《しゃくい》や敬称《けいしょう》などをお付けして呼ぶことがあるのでございます」

（へぇ）

男尊女卑《だんそんじょひ》な世界かと思ったら、意外な側面もあるものだと感心する。

「しょれでなのでしゅね……お忙《いそが》しいのにおちえてくりぇて、どうもあいがとう」

立ち上がるセバスチャンを手を振《ふ》って見送ると、元来た道を戻り新しい部屋につくところで、今度はガイが何処からともなく姿を現した。相変わらず神出鬼没《しんしゅつきぼつ》な男だ。

「お嬢《じょう》、ご機嫌麗《きげんうるわ》しゅう」

「あ、ガイ。ゆっくりと休めた？」

いつもより気取った挨拶《あいさつ》を口にしたガイは、旅装束《たびしょうぞく》で立っていた。

「……何処かにお出掛《でか》けにゃの？」

「はい。あっしは元々、近隣《きんりん》諸国の状況《じょうきょう》を調べるお役目についていたんですが。それを別の者に引継ぎに参りやす」

……近隣諸国の状況……所謂《いわゆる》スパイという奴か。辺境伯《へんきょうはく》ということから、国境を守るために色々あるのだろう。

そんな話、平凡《へいぼん》ないち幼女が聞いてよいものなんだろうか。ちょっと不安になる。

「しょうにゃの。気を付けてね。……しゅぐ帰って来りゅの？」

ガイはいつものニヤニヤ顔ではなく、慈愛《じあい》に満ちた笑顔を浮かべていた。

「そうですねぇ、一か月程《ほど》でしょうかねぇ？」

「長いにぇ……怪我《けが》と身体に気をちゅけてね」

「ありがとうございます。お嬢もくれぐれも無茶《むちゃ》をせず、お元気でお過ごしを」

何故か無茶をしないようにと言い含められた。無茶をしたことなんてないのにと膨れる。

ガイは部屋に入るまでマグノリアを見送ると、くるりと踵《きびす》を返した。

（さてさて。お嬢は一か月の間に何をしでかすことやら……）

楽しみなような、怖《こわ》いような気がするが。

そう心の中で独り言《ご》ちながらクックツと喉《のど》の奥《おく》で笑うと、窓からひらりと飛び降りた。

部屋に戻ると、マグノリアは取り敢えず自分に与《あた》えられた居間とベッドルーム、衣装部屋とを見て回る。家具がミニチュアのようで、なおのこと部屋が広く見えた。

（妖精姫《ようせいひめ》、だっけ。どんな人だったんだろう……）

この部屋の元の主。自分と同じ顔をした曾祖母。

元小国のお姫様だというが。戦乱激しい時代のギルモア家の領主夫人なら、見た目とは裏腹に気骨溢《あふ》れる人物だったのだろうか？　馬を駆り、剣《けん》を振り回す曾祖母を想像する。

「失礼いたします。お戻りだと伺《うかが》い、参りました」

返事をすると、プラムとディーンが揃って入って来る。

「お嬢様《じょうさま》、セバスチャンから伺い筆記具をお持ちいたしました」

「どうもあいがとうございましゅ。しょこのテーブルに置いてくだしゃい」

奥の部屋から出て来た小さい主人を見て、ふたりはほっとする。——事情を知らないふたりは、離《はな》れた家と家族を恋《こい》しがって、隠《かく》れて泣いているのではと心配したのだった。

「旦那様《だんなさま》方からもご挨拶をさせていただいたかと思いますが、孫のディーンです。お嬢様のお身の回りのお手伝いをさせていただきます。宜《よろ》しくお願いいたします。……ほら！」

「イテッ！」

プラムがそう言って一緒に頭を下げさせようと、手荒《てあら》く孫息子の頭を引っ掴んで下げる。

「しゃきほど元気なご挨拶をいただきまちたよ。改めてこちらこそ。解りゃないことが多いけどよろちくお願いちましゅ」

「お嬢様は、字が書けるのか……んですか？」

持っていたペンと便箋《びんせん》をテーブルに置くと、もじもじしていたディーンが口を開く。

途中言葉遣《とちゅうことばづか》いを祖母に睨《にら》まれ、慌《あわ》てて言い直していたが。

「うん。しゅこちだけね」

「凄《すご》いな！　いや、……凄い、ですね……？」

大きな瞳《ひとみ》を忙《せわ》しなく動かす。くるくる変わる表情に、マグノリアは思わず噴《ふ》き出した。

「ディーンは遊び相手なのでしょう？　しょんなに気を使って話ちていたら、疲れちゃうよ。普通に話ちていいよ」

「お嬢様、線引きはちゃんとなさらないといけません！」

「だって、こんなに小しゃいのでしゅもの。ディーンはまだ六歳《さい》でしょう？」

「お嬢様より二歳も上ですよ！」

プラムとマグノリアのやり取りに、ディーンは首をすくめた。

納得しなそうな祖母と困り顔の孫息子を見て、平和だなとマグノリアは思う。

「じゃあ、みんにゃの前ではキチンと話しゅことね？　ふたりの時は、話し易い言葉で構わにゃいわ」

ふんわり笑ったお嬢様を見て、ディーンはひとり顔を赤くした。

「お嬢様、リリーさんを呼びましょうか？」

「ううん。リリーも馬車に揺られ通しで疲れていりゅだろうち、お部屋の片付けもありゅだろうから今日はしょのまま休んでもらって。皆《みな》しゃんの予定次第《しだい》でしゅけど、移動ちたばかりだち、何なら数日お休みをしても構わないにょだけど」

身の回りの物を揃えたり、近隣を見て回ったりしたいかもしれない。

それとも動いているほうが気が紛れるだろうか？　マグノリアは考える。

「リリーさんにお伝えしておきます」

「あいがとう。プラムしゃんもディーンも下がってくりぇても大丈夫よ？」

「そうですか？　……それではご用がございましたら遠慮《えんりょ》なくお呼び下さいませ」

ひとりになりたいかと思ったのだろう、短く逡巡《しゅんじゅん》して頭を下げた。そしてお食事の時間に参りますと言って、静かに部屋を出て行く。

マグノリアはフカフカのソファに座って、ダフニー夫人へ送る手紙を考える。

長考するには、立派な執務机の椅子《いす》よりもこちらのほうが座り易そうだと足をぶらぶらしていると、眉間《みけん》にそびえ立つ皺《しわ》、もといクロード渓谷《けいこく》を作る若き叔父《おじ》・クロードお兄さまを思《おも》い浮かべ、そっと足を止めた。

実家では急に授業に出れなくなり、ダフニー夫人にお礼も挨拶もしないで来てしまった。一応、ライラとデイジーに伝言を頼《たの》んではおいたが、あまりにも不義理だ。せめてお詫《わ》びとお礼と近況《きんきょう》くらいは伝えなければならないだろう。

（……この国のお手紙マナーってどんな感じなのだろうか……）

取り敢えず、そう前世と大きくかけ離れてはいないだろうと考える。

……かつてのマナー本にあった、時候の挨拶から始まる前世の詫び状《じょう》とご機嫌《きげん》伺《うかが》いをアスカルド王国風（？）に書いておけばよいだろうか。勿論《もちろん》、お礼とお詫びは本心から心を込《こ》めて記すつもりだ。

幼児が書いたものだから、きっとセバスチャンかプラムが確認をするだろう。失礼だったり不味《まず》いことを書いてないか的な確認を。手紙を読まれるのはちょっと嫌《いや》だが、海のものとも山のものとも知れない幼児だ。お相手に失礼があっては大変だろうから仕方ない。

（都度こちらの形態に直して行けば、その内フリーになるだろうしね）

そんなこんなを考えておりました。つい数時間前までは。

二時間程して、夕食だと再び部屋にやって来たプラムに手紙を渡《わた》し、セバスチャンへの住所代筆を改めてお願いし伝言してもらう。

食事は帰領後も保護者ふたりとともに、家族揃っての様子にほんわりしながらも。

（昔の貴族のように子ども部屋でっていう選択肢《せんたくし》は取らないのかな？　そもそもギルモア家でも兄と両親は一緒に食事を摂《と》っていたみたいだし……アスカルド王国そのものが、食事に関しては中世とか近世の貴族仕様じゃなくて、現代の地球的な感じなのかなぁ？）

なんて呑気《のんき》に考える。少し前までは考えられなかった空間と時間。

豪快《ごうかい》でとても大らかな祖父。一見素っ気ないがよく周りを見ており、何くれとなく細やかに世話を焼く叔父。

……先程《さきほど》も魚の骨に気をつけなさいだの、零《こぼ》さないようカップに注意なさいと言っては奥に退《ど》かし、実にまめまめしい。

マグノリアがうっかり口周りにつけてしまったソースを、正面の席から腕を伸ばしナプキンで拭っては、満足そうにかすかに微笑んでいた。

（うーん。クロ兄はツンデレ属性のお人なんだね？　そして弟の割に、お兄ちゃん属性でもあるのか）

いや、最早《もはや》オカン属性か？　すまし顔で食事をしているクロードが聞いたら、飲んでるワインを噴き出しそうである。

海があるから海産物も豊富にあって、海《うみ》の幸たっぷりのお出汁《だし》の利いたブイヤベースをウマウマと口に運びながら。何かのお肉……味的には牛肉っぽいお肉のソテーと、さわやかな酸味の利いたドレッシングが絶品の温野菜のサラダやパンを食べ。

何処かの国にはお米もあるのかしら……なんて思いを馳《は》せておりましたとも。


プラムよりマグノリアの手紙を受け取ったセバスチャンは、マグノリアの予想通り、ちゃんとお相手が読める状態なのか不味い間違《まちが》いをしていないかのチェックのため、彼女《かのじょ》の手紙を確認している最中であった。

幼児の手紙だ、大人が一筆書き添える必要があるだろう。……場合によっては翻訳《ほんやく》の必要があるかもしれない。大丈夫そうならば明日にでも封蝋《ふうろう》を持って、お嬢様に確認して目の前で封《ふう》をしようと思っていたのだが。

「……これは……」

文字を追っていた目の動きが途端に速くなる。

そして手紙を丁寧《ていねい》にトレイに載《の》せると、年老いた家令は食事を終え未《いま》だ執務《しつむ》をしているであろう主人達《たち》の下《もと》に早足で向かった。

（……お嬢様は確か四歳でいらっしゃいますよね？）

『隠されたギルモアの娘《むすめ》をアゼンダに引き取りたいので受け入れの用意を』

そんな手紙を携《たずさ》えた伝書鳩《でんしょばと》ならぬ伝書 隼《はやぶさ》が突然飛来したのは、つい二日前だった。

……短い伝言を、目を疑って三度読み直した。詳《くわ》しいことを聞いたのは先程帰って来て、セルヴェスを執務室に引っ張り込んですぐだ。

幾ら王家との関《かか》わりを断《た》つためとはいえ、幼い娘を隠しておいたというのも驚いたが。

……大きな者達に見慣れているからか、その姿と愛らしい仕草、幼い口調に騙《だま》された！

（歴《れっき》としたギルモアのそれではないですか！）

道理でセルヴェスもクロードも、ガイを護衛につけると言いだすわけだ。小さなお嬢様にどんな過保護かと思ったら、見目のせいだけではないのだろう。

（……奴には、一刻も早く引継ぎを終えて戻《もど》って来てもらわねばならない）

ギルモア家が長い長い時を栄え続けて来たのには理由がある。

元々優秀《ゆうしゅう》な者が多く育成されるのもさることながら、時折とんでもない傑物《けつぶつ》が誕生するのだ。彼女もその類に違《ちが》いない。

主人達はどのくらい理解しているのか。

（……是非《ぜひ》とも、是非とも擦《す》り合わせを‼）


扉を勢いよく開き、顔を上げた主人達になるべく落ち着いて上奏する。

しかし。セバスチャンの話を聞き手紙を見た主人達が発した言葉に、勇んだ家令の気が抜《ぬ》ける。

「綺麗な手跡《しゅせき》だな」

とはクロード。

（いや、どう見ても四歳の字じゃないでしょう⁉）

「よく書けてると思うぞ。ちっとも問題ない手紙じゃないか？」

儂の手紙の返事も書いてくれないだろうか、とはセルヴェス。

（問題なさ過ぎです！　何処《どこ》のマナー手本なんですか‼）

まるで書き慣れた、流れるような文字と時候の挨拶から始まる一連の文体に、主人達はそうですね、と言わんばかりに落ち着いていた。

「まあ、あの娘《こ》はちょっと……変なんだ」

「あのジェラルドをやり込めたくらいだからなぁ。まあ……奴も途中穴《とちゅう》に気づいたみたいだが、そこは深追いせず、引いてやったみたいだがなぁ」

ふたりは何やら思い出しては苦笑いしていた。セバスチャンは焦《じ》れる。

「……軟禁《なんきん》されながら、万一に備えて学ばせていたとおっしゃるので？」

あのジェラルドならば安全対策にと画策しかねない半面、余程《よほど》のことがない限り、表に出さないと決めたのなら出さないであろう。

逆に今回、よく手放したものだとセバスチャンは思う。

「いや。基本放置されていた様子だから、セバスチャンが考えているような『王太子妃《おうたいしひ》教育を施《ほどこ》されていた』わけではなく、自ら『必要なことを学んでいた』のだろう」

「生きて行くのに必要なことを学んで、近くひとりで出奔《しゅっぽん》するつもりだったんだ」

「出奔……？」

唖然《あぜん》とするセバスチャンは、いつかのクロードのようだ。

……そりゃ、堅気《かたぎ》のお嬢様（それも幼女）が出奔して、森で潜伏《せんぷく》しながら頃合《ころあ》いを見て孤児院《こじいん》に潜《もぐ》り込んで急場を凌《しの》ごう、なんて考えるとは思うまい。

「実際、生きて行くための手筈《てはず》も整えて、少しずつ備えていたみたいだからな？」

「しかし、思ったより教育の度合いが進んでいるようだ……何故だ？　これは一度確認《かくにん》をしたほうがいいかもしれないな」

クロードの言葉に意を得たセバスチャンが、今でなくともと渋《しぶ》る主人ふたりを伴《ともな》い、善は急げと問題のお嬢様の部屋へ急ぐ。


一方のマグノリアは湯あみを終え、寝《ね》る前に挨拶に来たリリーの話を聞き、いつもの明るい侍女の様子を見てほっとしていた。新しい職場は今現在問題ない様子だという。

つかの間のおしゃべりを終え、着替《きが》えてベッドに潜り込もうとしたところを、必死な顔をしたセバスチャンと微妙な表情の保護者ふたりに突撃《とつげき》される。

そして今、ソファに座り顔を突《つ》き合わせているという塩梅《あんばい》で。

「……何なのでしゅか？　馬車に三日間揺られ、朝は朝でジャイアントアントと格闘《かくとう》ちて、わたち、ちゅかれているんでしゅけど」

「ジャイアントアントと格闘とは何ですかっ⁉」

「……マグノリアは全然格闘していないだろう？」

マグノリアの発言に、悲鳴交じりのセバスチャンの声と、冷静な突っ込みを入れるクロードの声が重なる。

「もう眠《ねむ》いのでしゅ。申ち訳ないのでしゅが、あちたでは駄目《だめ》なのでしゅか？」

（……めっちゃ眠いんだけども～）

疲《つか》れた上にお腹《なか》も満たされたマグノリアの瞳は半分閉じかけ、欠伸《あくび》をかみ殺す。

普段《ふだん》は控《ひか》えめでありながらも、言い出したら聞かない家令をセルヴェスとクロードが横目で見遣《みや》る。

「申し訳ございません、お伺いしすぐ退散いたします。……お嬢様は、どなたにご教育を受けたのでございますか？」

「教育……？　教師にと言うなら受けてまちぇん、よ。ほんのしゅこし、ブライアンお兄ちゃまにょ、ダフニー夫人にょ……授業を、聞きまちたが」

答えながらも、こくりこくりと船を漕《こ》ぎ始める。

「……受けてないって……何故こんなに流麗《りゅうれい》な字をお書きになれるのですか？」

「（日本時代も含《ふく》めて）練習ちたから、でしゅ……（慣れに）決まってる、でしゅよ」

「この文章は、どうやって考えたのですか？　何か見たのですか？」

「以前（日本時代）に、マナー本を、読んだ……んで……しゅ」

ぐーーーー。

……マグノリアは撃沈《げきちん》した。

「……もう止《や》めてあげなさい。可哀想《かわいそう》だぞ、眠いのに」

「申し訳ございません……」

セバスチャンがセルヴェスに謝《あやま》ると、くったりとソファに寝そべる幼女を見遣る。

「とんでもないお子様がまた……」

（――確実なことは、絵本よりも文学書のほうが喜ばれるということだな）

そう数時間前の自分に心の中で突っ込みを入れながら遠い目をするセバスチャンに、主人達は笑う。

「とんだ爆弾娘《ばくだんむすめ》には違いない」

クロードが仏頂面《ぶっちょうづら》を緩《ゆる》め、ベッドに運ぶためにそっと抱《だ》き上げる。

「なに。何であろうと護《まも》るまでだ」

セルヴェスはそっと優《やさ》しく、小さな頭を撫《な》でた。

なにか夢をみているのだろう。

マグノリアはうっすらと微笑《ほほえ》みながら、口をモグモグと動かした。

第二話 知識の根源を暴露する

リリーは翌朝当然のようにやって来て、髪を梳《と》かすと着替《きが》えを手伝ってくれた。休みを取ったらどうかと再度提案したが、要《い》らないと固辞される。リリーの屈託《くったく》のない元気な顔を見るとマグノリアも元気になれるから、素直《すなお》に有難《ありがた》くはある。

朝食に食堂に行くと、昨夜のことをセバスチャンに謝られた。

眠気《ねむけ》で意識が朦朧《もうろう》としていたが、何やら彼《かれ》は昨晩、切羽《せっぱ》詰《つ》まった顔をしていた気がする。

「こちらこしょ、お話中に寝落《ねお》ちてごめんにぇ」

……残念なことに、幼児はすぐに眠くなるのだ。

日本時代、テレビのバラエティ番組の面白《おもしろ》映像で、電池が切れたように寝落ちる映像を微笑ましくも笑って観《み》たものだが……まさか自分がそうなろうとは。身体年齢《ねんれい》の問題というのは、マグノリアにも如何《いかん》ともし難い。

食事中の会話も終始その話題に関連したものだった。

「お手紙がちゃんと書けていて、何がしょんなに気になったのでしゅかね？」

マグノリアは首を傾《かし》げる。

「出来過ぎていて、セバスチャンが驚《おどろ》いたみたいだぞ」

セルヴェスの苦笑いに、ああ、とマグノリアは自身のやらかしを悟《さと》る。

（……粗相《そそう》がないように書いたのが、四歳児《さいじ》としては有り得ない感じに映ったのか……）

なるほど。マグノリアの配慮《はいりょ》不足である。冷静に考えればそうだろう。確かに思い返せば四歳児が考える文面ではないなと思う。

（マズった……しかし面倒臭《めんどうくさ》いな、四歳児）

心の中でため息をつく。ふと顔をあげると、給仕《きゅうじ》の手伝いをするディーンと目が合う。心配そうにハラハラとした顔でマグノリアを見ていた。『何かよくない感じ』を察知しているのだろう、健気《けなげ》で可愛《かわい》らしい少年である。

（……うーん。かといって上手く擬態《ぎたい》するの、私……無理そうだよねぇ）

想像以上に親身に関わろうとしてくれている祖父と叔父の様子に、マグノリアはどうしたものかと考える。

転生の話をしたとしても、到底《とうてい》信じられないだろう。頭がおかしいか心を病《や》んでるか、とてつもない大嘘《おおうそ》つきの妄想癖《もうそうへき》と思われるか。暫《しばら》く一緒に暮らすのだろうから、悪感情を持たれるようなことはなるべく避《さ》けたい。出来るならお互《たが》い心地《ここち》よく過ごしたいものだ。

かといって、普通の幼女として上手く隠して過ごせるのかといえば絶対無理なわけで。

ギルモア家では疑念を持っていそうなロサの前では極力勉強しない、必要な内容以外話さない、刺繍《ししゅう》しかしないを徹底《てってい》していたし、他の人達は見た目と実際のギャップに気を取られている間に煙《けむ》に巻いた感じだった。

同じことを年単位でするのには無理がある。第一寛《くつろ》げない。

それに、誠実に対応してくれようとしている人に対して、騙し続けるのも気が引ける――これは意外にも心の大半を占《し》める本心だ。とはいえ、おいそれと言える内容でないところが悩《なや》ましい。普通なら隠し通したほうがお互いのためだろう。

うーーむ。堂々巡《どうどうめぐ》りに悩んでいると、食事を終えお茶を飲みながら、クロードは色々とマグノリアに質問を浴びせていた。

……彼の頭の中には問題集でも入っているのか……隙《すき》あらば問題を出してくる教育ママみたいだ。セバスチャンの疑問から発展した、マグノリアの持ちうる知能の上限を知ろうとしているのだろう。

簡単な国語や計算の問題から、徐々《じょじょ》に王立学院で使われる教科書の内容に移っている。一緒に聞いているセルヴェスも次第に難しい顔をし始めた。これも、昔観たバラエティ番組と同じだ。数学者が解くような数式を解いてしまう五歳児とか、英検一級を取る幼稚園《ようちえん》児とか。

天才少女――彼等《かれら》の目には多分、そんな感じに映っているだろうが……

バラエティなど存在しない世界。テレビとは違い、奇異《きい》にしか映らないだろう。

（知識の内容としては、天才なんてほど遠い、数式にも英検にも遠く及《およ》ばない小学生レベルの内容なんだけどねぇ……あーーー!! もう、まどろっこしい！）

何より、うじうじと悩む自分自身が鬱陶《うっとう》しい。

そう。丁寧には丁寧を。誠実には誠実を返すしかないのだ。

結果、たとえ相手が自分を拒否《きょひ》をしたとしても。

「おじいしゃま、クロードお兄ちゃま。場所を移りまちょう。執務室《しつむしつ》がよろちいでしゅか？しょれとも談話室？」

マグノリアの雰囲気《ふんいき》がガラリと変わったのを見て、ふたりは一瞬目《いっしゅんめ》を瞠《みは》った。

人払《ひとばら》いがし易《やす》いので、結局執務室に移動することにする。

セルヴェスと手を繋《つな》ぎ、キョロキョロとよそ見をしながら廊下を歩く姿はただの幼子にしか見えないのに……

（……何が飛び出すのか、きっとまたとんでもないことに違いない）

クロードは警戒《けいかい》を強め、きゅっと眉間と唇《くちびる》に力を込めた。

セルヴェスにソファに座《すわ》らせてもらうと、マグノリアは姿勢を正す。

「しゃて。誰《だれ》に、どうやって学んだかでちたね」

保護者ふたりはマグノリアの前に腰《こし》を降ろすと、小さく頷《うなず》いた。

マグノリアは実家でのこと――五か月前に自分の置かれている状況を見遣り、疎まれているのではないかと考え、不利な状況を打破するために、まずは貴族や平民の常識を知ることを始めたのだと説明する。

同時にマナーを侍女《じじょ》から教えてもらい、ブライアンの家庭教師であったダフニー夫人の授業に潜り込み、知識を得るために文字や数字を覚えたことを端《はし》から端まで話す。

更《さら》にそれから後は図書室に入り浸《びた》り、偶然《ぐうぜん》見つけた学院の教科書と参考書――多分ジェラルドのもの――を読み込んで、貴族として必要な最低ラインの知識を、実家に居られる内に学ぶように心がけたことを。……若干端折《じゃっかんはしょ》ってはいるが、嘘《うそ》は言っていない。

「なので、知識とちては王立学院卒業相当だと思いましゅ」

その後あまりの実家の対応の悪さから、自身の行く先を察し危惧《きぐ》するに至る。修道院に送られる前に市井で生きて行く決心をし、取り敢《あ》えず裁縫《さいほう》の腕《うで》を磨《みが》き、手っ取り早く資金と手に職を得ようとしていたことなどを洗いざらいぶちまけた。

話し終わって、ふとマグノリアが前を見ると。どうしてかセルヴェスは目を閉じて腕組《うでぐ》みし、クロードは頭が痛いという顔をしてこめかみを左手で揉《も》んでいる。

セルヴェスとクロードは、つい先日ガイから受けた報告を頭の中で反芻《はんすう》していた。

――五か月前。ガイが複数の使用人に聞いた、マグノリアが大きく変化したという報告の時期と合致《がっち》する。

確かにそこで、彼女の意識と行動は何か変化があったことに間違いないのだろう。

ただ、語られた内容が荒唐無稽《こうとうむけい》過ぎる。三歳児や四歳児が考えるような内容ではない。

……たとえ考えたところで、実現可能とは到底思えない。なのに実際に行えてしまっていた高い能力と技術力、なによりその行動力に恐《おそ》れ入る。第一、思いつきで行動して勉強が出来るようになるのならば、この世は天才で溢れかえっている筈《はず》だ。

本文をただ瞳に映したとて、理解するための能力や学力がなければ到底出来る筈がない。

セルヴェスは躊躇《ためら》いがちに呟《つぶや》く。

「いや……、覚えようと思って覚えられるものなのか？　五か月だろう……？」

「不可能でしょう。前期・後期両方ですよ？　六年分を五か月なんて、素養があるか――元々その分野の基礎《きそ》知識がなければ無理です」

「そうでしゅね。全く無垢《むく》な状態で全て覚えりゅことは不可能だと思いましゅよ」

セルヴェスに向かい言い切るクロードに、マグノリアは心を決めにっこり笑いかける。

（そうだよねぇ。あっさり納得なんて、出来ないよね？）

……その先も、やっぱり説明が必要だろう。第一、稀代《きたい》の天才と呼ばれるクロードを誤《ご》魔化《まか》せるとは思えない。絶対に綻《ほころ》ぶ。すぐさま綻ぶ。穿《うが》って取られ悪い方に転ぶよりも。

（もう、言っちゃうしかないよね……）

「だけど、わたちにその知識があったとちたら。可能だと思いましぇんか？」

「……どういうことだ？」

クロードは怪訝《けげん》そうに、用心深く尋ねる。

「到底信じりゃれないでちょうが、わたち、前世の記憶《きおく》があるのでしゅ」

マグノリアの口から発せられたあんまりな内容に、セルヴェスもクロードも絶句し、時が止まる。マグノリアは構わずに、更に説明を続ける。迷っては尻込《しりご》みしてしまうから。

ここことは違う世界なのか星なのか……『地球』にある『日本』という国で生きていた成人女性の記憶と知識があるということ。

ある晩眠りにつき、朝起きたらアスカルド王国の幼い侯爵令嬢《こうしゃくれいじょう》、マグノリア・ギルモアとして目覚めたこと。

日本でマグノリアは六年・三年・三年・四年と、合計十六年間を各学校へ通い、この世界の学院に比べ様々な学問を習得していること。

また就学年数は家庭の事情や個人の希望、学校の専門性（たとえば高専や医学部等）などで個人差はあるが、おおよそ二年から三年の幼児教育を受けた後、法律的には九年を必《ひっ》須《す》として、十二年～十六年間を学校にて学ぶのが一般的《いっぱんてき》であること。だから特段マグノリアが特別なのではなく、優秀だというわけでもないこと。

更にその後で大学院という専門分野を学んだり研究する大学付属の研究・教育機関があり、その期間は大抵《たいてい》合わせて五年程で『修士課程』と『博士課程』が存在すること。研究者や学者の多くはその機関に属し、その後も研究や学問を続けることを説明した。

四年制の大学の他に、二年制の短期大学、他には専門学校という職業の専門性を学んだり高める学校もあることとも伝える。

文字は元の世界の外国の文字と酷似《こくじ》しており、素養があったこと。

算数や自然科学等、殆《ほとん》ど同じような内容のものがあったので、それらは教科書を読んで名称《めいしょう》の差違《さい》を確かめる程度で済んだものが多かったことも伝えた。

社会構造そのものがアスカルド王国とは大きく違い、国によって様々ではあるが、マグノリアが暮らしていた国は安全で高度な文化があり、身分差がなく男女差も少ない、比較《ひかく》的《てき》豊かな国であったこと。教育を修了《しゅうりょう》後基本的には自由に職業を選び、就業できること。婚姻《こんいん》や恋愛《れんあい》もある程度は自由であること。

個人個人に自由と選ぶ権利とが認められており、人権……自身のみでなく他者の命や権利も尊重される。幸せに生きるためにあるべき考えが当たり前の権利として、法律にも社会にも備わっていることなどを説明した。

ふたりは呑《の》み込めない風ではあったが、話を進めるために無理矢理《むりやり》呑み込んだらしくため息をついた。

「それだけの時間をかけて学び、高度な知識を持っているならば……確かに五か月で学び終えるのも可能なのかもしれないな」

「……成人していた、ということはもしや……クロードより年上なのか？」

マグノリアが、やたらクロードを叔父と呼ぶのを渋ったやり取りに思い至る。

「そうでしゅね……まあ、今は身体は四歳でしゅから、『だった』と言ったほうがいいかもちれないでしゅけど」

三人は神妙《しんみょう》な空気を感じながら会話をする。

「……まさか、兄上よりも？」

クロードの鋭《するど》いツッコミに、マグノリアはすいっと視線を逸《そ》らす。

「……まさか、儂《わし》より……」

「いやいや、しょれはないでしゅ!!」

セルヴェスの言葉に食い気味で否を突き付ける。

「とはいえ、今は四歳でしゅからね……心が身体に引っ張られるようで、元のようには心のバランスが取り難《にく》いでしゅし。身体も小さいので、成人しているクロードお兄ちゃまが完全完璧《かんぺき》に年下なのかと言われると、微妙なのでしゅけど……」

一応、それとなくフォローしておく。社会的に立派に役目を果たしてる成人男性が、なにくれとなく世話を焼いていた幼女に、いきなり年下宣言されたらびっくりであろうから。

取り敢えず話を聞き終わり、長い睫毛《まつげ》を伏《ふ》せると、クロードは色々な可能性を考えて吟《ぎん》味《み》しているようだった。

「……その、戦争を体験した騎士《きし》に稀《まれ》にあるのだが……」

暫くして青紫色《あおむらさきいろ》の瞳を開くと、クロードは言い難そうに口にした。

「ああ、心理的・精神的にゃ後遺症《こういしょう》でしゅね……前世にもありまちた。戦争以外にも虐待《ぎゃくたい》を受けた人間にも見りゃれる傾向《けいこう》がありましゅ。後遺症にはそりぇこそ色々な種類や内容がありまちたが、たとえば別の人間の人格や思考、記憶などがありゅ『解離性同一性障害《かいり》』や、『多重人格』などと呼ばれりゅ症状《しょうじょう》もありまちた。こちらでは違う呼び名かもしれまちぇんがにぇ」

自分が疑われるであろう内容を冷静に話すマグノリアを見て、クロードは再び口を噤《つぐ》む。クロードが言わんとしていることをきちんと理解しており、その知識も充分《じゅうぶん》にあり、伝えれば疑われることを予見してもいる。それは、到底幼児が話す内容ではない。取り乱すこともなく、冷静だ。

「……まあ、可能性がゼロと言うわけではないでしゅよね。家族にずっと放置され、そういう症状になってちまったというのも考えられましゅ。自分は認識《にんしき》ちていないだけで、全て妄想《もうそう》という可能性もないわけではありまちぇん」

ただ、と。

「……かと言って別の人格があるわけでもないにょでしゅ。あくまでもマグノリア・ギルモアであって、五か月前に目覚めたら、別の世界の記憶が『あった』のでしゅ」

「元のマグノリアに、『ニホン』の君が乗り移った……ということはないのか？」

セルヴェスが肉親として最も危惧するであろうことを確認《かくにん》する。

（――これを考えるのは、ちょっと辛《つら》い）

ファンタジーな世界観の認識がないであろう彼等には、輪廻《りんね》転生《てんせい》も憑依《ひょうい》もそれ程変わりがあるのかないのか、察することは出来ないが。

地球の概念《がいねん》で言えば、多分二つは似ているようでいて大きく違うだろう。

「前世のお話に、異世界に精神や体そのものが移動ちてしまうものがありゅのでしゅが」

「あちらでは頻繁にあることなのか⁉」

驚いたようにセルヴェスが大きな声を出す。

「いいえ。あくまで空想の『お話』で……物語やお芝居《しばい》などの『設定』でしゅ。幾ちゅかの違いがありゅのでしゅ」

マグノリアは自分が知る範囲《はんい》での、召喚《しょうかん》と転移、転生《てんせい》、憑依を説明する。

「現実にありゅわけではないので、必ずちもこうだ、とは言えないのでしゅが。人によっても若干《じゃっかん》の考え方の差違がありゅと思います。何せ物語上の空想の概念でしゅから――多分今回は『転生』か『憑依』かの可能性が高いのではと思いましゅ。元の身体が寝ている間に死んで、生まれ変わっていりゅのならば転生でしょう。元の人間が生きているが、何かちらの要因でこちらのマグノリアに成り代わっていりゅなら、憑依だと思いましゅ」

「はっきりとは言えないと？」

「あい。あいにく向こうでは眠った記憶ちかないので……ただ、どちらにちろ今ここに居りゅわたちの人格は一人でしゅ。『マグノリア』とちて生きた四年の記憶。名前も思い出しぇない日本人とちて生きた記憶と知識。……しょの両方を持っていりゅということちか、確かなこととちては言えないのでしゅ」

目覚めたらそうだった、と言うのなら。異世界ストーリー設定としては転生よりも憑依というか成り代わりというか……そちらの可能性のほうが強いのだろうか。

この辺はあまり詳しくはないマグノリアには、はっきりとは解《わか》らない。ただ、そう離れた解釈《かいしゃく》でもないだろうとも思う。

あの、ラノベ好きの友人がここにいてくれたらと切に思う。

とにかく、確実でない状況《じょうきょう》で、セルヴェスにやっと会えた孫娘《まごむすめ》が憑依されている人間だ、と突き付けるのは躊躇われた。

まだ、生まれ変わったマグノリア本人が、前世を思い出しただけなのだと言ったほうがマシなような気がする。どちらもおかしいことこの上ないのは間違いないが。

「後遺症だと思うなりゃ、治療《ちりょう》もよいでちょう。可能性がないわけではないので受け入れましゅ。気味が悪い、許しぇないと思うにゃら、修道院に行くか孤児院に行くか、市井で生きりゅかいたちましゅ……混乱しゃれているでしょうから、落ち着いてよく考えてみてくだちゃいませ」

「……随分《ずいぶん》冷静なんだな」

クロードが静かに言う。言いながら微《かす》かな引っ掛《か》かりのようなものを感じ、内省する。この世界にも生まれ変わりの考え自体は存在する。しかし、普段は気にすることなどないだろう。少なくともセルヴェスとクロードは考えたこともなかった。

クロードの思考の端を『転生魔法《まほう》』という言葉が掠《かす》める。同時にどうしてか郷愁《きょうしゅう》にも哀《あい》愁《しゅう》にも似た感情が彼の心に湧《わ》き上がり、なぜだか静かに、だけれども強く蠢《うごめ》いた。クロードは心の揺《ゆ》れを抑《おさ》えるかのようにそっと自らの胸を押《おさ》える。誰にもばれないように。

（そういえば、古代の失われた禁術にそんなものがあったか……まさかそれなのか？）

しかし、その禁術とやらは異世界にまで作用するものなのだろうかと内心で首を捻《ひね》る。

「しょれは……こんな話をしゃれたお身内のほうが、余程ショックでちょうから」

困ったように微笑みながら語るマグノリアを見てハッとする。……目の前の不可思議な事案に集中しなくてはいけない。

そして溢《あふ》れ出る思考と感情に引きずられないようにと、唇の内側を軽く噛《か》んだ。

「実は、未だに自分自身納得《なっとく》出来てなんてないち、混乱ちていないわけではないのでしゅ。……ただ、ナリは小しゃくても大人だった記憶がありゅので、抑えりゅ術《すべ》を知っていりゅだけなのでしゅ」

セバスチャンにはふたりがよいように話してくれて構わないと言い、静かに部屋を出る。

声を出そうとしても上手《うま》く出せないセルヴェスは、何度か手を伸《の》ばそうとして躊躇う姿が見えた。クロードは父を気遣《きづか》いつつも、酷《ひど》い困惑《こんわく》と混乱の中にいるようだった。

＊＊＊＊＊

賽《さい》は投げられた。

マグノリアは、なんだかんだとお人好《ひとよ》しな祖父と叔父の、自分を見る目が変わってしまうであろうことをぼんやりと考えていた。

先程のふたりの驚いた、そして複雑そうな……何ともいえない顔を思い浮《う》かべる。

（この容姿は厄介《やっかい》だし、更に異世界から来ましたなんて。信じても信じなくても、厄介以外の何ものでもないわ～……）

しかし、彼等を騙し続けることは出来そうになかった。

……仮に騙すことを選んだとして、上手く騙し続ける自信もなかった。

（わかるなら、早い方がいい。傷が浅く済む）

長く偽《いつわ》ることで、そんな事実に負けない関係を築けるまでの信頼《しんらい》や絆《きずな》を育てることが出来るかもしれないけど。……逆もありうる。

（――長く偽ることで、より深く傷つけてしまうかもしれないじゃない？）

思ったよりも気持ちがぐちゃぐちゃだ。

（たった数日の付き合いなのに、何で……）

窓の外は高く青い空が広がっている。気持ちいいくらいの秋晴れだ。

本来のマグノリアが持つ家族を求める気持ちなのか。それとも久々に触《ふ》れる家族の温かさに執着《しゅうちゃく》を持った、大人のマグノリアの気持ちなのか。

一度与《あた》えられたものを取り上げられると辛い。そう認識して苦笑《くしょう》する。

彼らがあんまりにも大らかにマグノリアを受け入れたためか、ついつい気が緩んでいたのだと思い至る。心の鎧《よろい》を解いてしまっていた。

短い間にも拘《かかわ》らず、取り繕《つくろ》うことのない関係が殊《こと》の外心地《ほかここち》よかったのだ。しかし暴露してしまえば、こうなるかもしれない予想はついていたのだから。凹《へこ》んでいる暇《ひま》などない。

彼らが飲み込んでくれて、変わらないのならばこのまま暮らして領地のためになるように生きる。……叶《かな》わず、あまりにもお互い辛いようなら、夜にでも館を抜け出て、四の五の言わずに一番潜り込《こ》み易い国に出てしまおう。きっと数日のうちに決まる筈だ。

部屋へ戻ると、リリーがマグノリアの顔を見て心配そうに口を開く。

「……マグノリア様、どうされましたか？　お顔の色が悪いですよ」

「うん。大丈夫《だいじょうぶ》」

ふと部屋の中を見ると、『遊び相手』というお仕事に来ていたのだろうか、所在なく立ったままのディーンも心配気にマグノリアを見つめていた。

「ディーン、来てたんだにぇ。今日のお勉強は済んだにょ？」

六歳《さい》になるディーンは、急に降って湧いた領主館への手伝いも相まって、絶賛お勉強強化期間と化しているそうだ。立ち居振《ふ》る舞《ま》いに文字やマナー、従僕《じゅうぼく》になるべくお仕事のお手伝いなど、六歳にして非常に忙《いそが》しく過ごしているのだ。

役目の合間に教育を行うらしいのだが、マグノリアも移動したばかりで落ち着かないこともあり、臨機応変に、細かく様子を窺《うかが》いながら行うと聞いている。

「ううん。朝食の時、マグノリア、さまが、何か大変そうだったから様子見に来た。……んです」

（気にかけてくれたんだ……一生懸命《いっしょうけんめい》なちっこい子どもって、可愛いよねぇ）

身体は四歳だが、精神年齢的《ねんれいてき》には彼の母親でもアリな年なのだ。遊び友達として紹介《しょうかい》されたものの、気分はすっかり保護者なマグノリアだ。

「しょっか、あいがとうにぇ。気晴らちに遊んでいく？　それともお勉強に戻りゅ？」

ちょっとばかり上にあるディーンの顔を見上げて、小首を傾げる。

「マグノリアさまはどうするの？」

「図書室に行く予定だったんだけど、いっちょに行く？　しょれとも違う遊びしゅる？」

本来、ディーンのしたいしたくないではなく『お嬢様《じょうさま》が遊びたいことで遊んであげる』のが彼の役目だろう。図書室、と聞いてディーンは一瞬顔を歪《ゆが》める。

「マグノリアさまは、お勉強するの？」

「うーん、まあそうだにぇ？　お勉強みたいにゃもんかにゃ？」

ディーンは、小さな拳《こぶし》をきゅっとにぎり何か考えていたが、小さく首を横へ振《ふ》った。

「……じゃあ、いい。もっと勉強して、ちゃんと読めるようになったら一緒《いっしょ》に行く」

「しょっかー。頑張《がんば》り屋さんだにぇ」

マグノリアの邪魔《じゃま》をするのも悪いと思ったのか、ディーンは後《うし》ろ髪《がみ》を引かれる様子で部屋を出て行った。

「……しょう言えばリリー、図書室の場所って知ってりゅ？」

「はい。そう仰《おっしゃ》るだろうと思って、バッチリ聞いておきましたよ！」

リリーはにかっと笑うと、サムズアップしてみせる。

「おお～。しゃすが、リリーね！」

茶化《ちゃか》すようなマグノリアの声に、えへへと笑う。

（マグノリア様、どうされたのかしら……）

彼女《かのじょ》の小さな主《あるじ》が部屋に入って来た時、顔が見たこともない程《ほど》に真《ま》っ青《さお》だった。

（セルヴェス様とクロード様と、何かあったのかしら？）

朝食後、三人は人払いをして話をしていた筈だ。

生家で疎まれていた小さな主は、伝説の騎士である『悪魔《あくま》将軍』の祖父と、ハンサムだが不愛想《ぶあいそ》な剣豪《けんごう》の『アゼンダの黒獅子《じし》』と呼ばれる叔父《おじ》とを味方につけた。

リリーには何がどうなったのか解らない怒涛《どとう》の展開で、いつの間にか不遇《ふぐう》の実家を飛び出し、このアゼンダ辺境伯《へんきょうはく》領へやって来ることになった。元はマグノリアの母親であるウィステリアの侍女であったリリーだが、マグノリアとセルヴェスとクロードに無理矢理《むりやり》頼《たの》み込んで辺境の地に一緒について来た。小さな主は、実家での扱《あつか》いが嘘のように筋肉マッチョな祖父に可愛がられ、仏頂面の怖《こわ》いイケメンにも甲斐甲斐《かいがい》しく世話を焼かれている。

主も、豪快《ごうかい》な筋肉の塊《かたまり》にも怯《おび》えず朗《ほが》らかに、不愛想な照れ隠《かく》しにもはいはいと呆《あき》れたようでいて、慈愛《じあい》の瞳《ひとみ》を向けていた。

（なんでもないといいのだけど……）

小さな主のささやかな幸せが、どうか壊《こわ》れませんように――リリーは心の中で神に祈《いの》る。

「……ちょっと、お飲み物を持って参りますね？」

「あい。あいがとう。よかったらリリーも休憩《きゅうけい》ちてね？」

いつも通り気遣いの言葉が返って来る。――聞いたところで、話してくれはしないのだろう。未《いま》だ短い付き合いではあるものの、小さな主は、普段寛容《ふだんかんよう》で開《あ》けっ広《ぴろ》げな性格ではあるが、絶対に人を踏《ふ》み込ませない一線があるように思える。

リリーはマグノリアを暫《しば》しひとりにしてあげようと、席を外すことにした。

一方、マグノリアは図書室をぐるりと回って室内を確認する。ギルモア家の図書室よりやや小さい部屋は、やはり豊富に蔵書が収められていた。

意外にも、音楽や美術等の芸術関連の蔵書が数多く目につく。

ふと視線を上げれば、天井近《てんじょう》くに色とりどりのステンドグラスがはめ込まれ、緻密《ちみつ》かつ繊細《せんさい》に様々な花々が描《えが》かれている。足元には音消しの絨毯《じゅうたん》。上の方の本を取るために架《か》けられたのであろう棚梯子《たなばしご》。天井まで高く作り付けられた書棚《しょだな》。大きく頑丈《がんじょう》そうな執務机《しつむづくえ》。書きつけに使われるのだろう、沢山《たくさん》の木札と紙の束。ガラスのインク壺《つぼ》と羽根ペン――

本来ならゆっくり見て回るところだが、今は必要なものを最優先に探すことにした。

領地や近隣《きんりん》諸国の様子が解るようなものがよい。それと地図。

ギルモア家同様、武家であり指揮官を務める家柄《いえがら》であるため、ここアゼンダ辺境伯家にも精巧《せいこう》な地図が多数ある。マグノリアはそれらを順番に机に広げ、南に焦点《しょうてん》を絞《しぼ》ったものを探す。

北は魔獣《まじゅう》や魔虫《まむし》が出る時点でマグノリアには越《こ》えられないだろう。出来るだけ安全に、早く脱出《だっしゅつ》出来る経路を知る必要がある。

（最悪、不明だったり候補がない場合は西へ進んで港に出て、船に紛《まぎ》れ込んでしまおう）

蔵書は出来る限り近年の各国の状況が解るものを探す。戦争が終わり平和になったとはいえ、そこは色々な思惑《おもわく》や懐《ふところ》事情、果ては国民性などもあるだろう。

出自が出自だ。万一身バレして人質《ひとじち》に使われたのでは意味がない。穏《おだ》やかな国民性で、アスカルド王国に悪感情が少ない場所。

考えることがあるといい。迷わずに、ただただ解決に導くために考えて動く。

（この感じだと、日本でも忙しくしていたのかもしれないなぁ）

自分が何処《どこ》の誰で、何の仕事をしていたのかは未だ解らない。極端《きょくたん》に高度な知識を持っていないことから、研究職や職人などといった専門性の高い仕事でないのだろうと思うが。

（……日本か）

改めて、途轍《とてつ》もなく遠くに来てしまったと思い知り、足場がゆらゆらと揺れ動くようだ。

いつか。日本の私は目覚めることはあるのだろうか。元の自分に戻《もど》れるのだろうか。

そう、自分へなのか誰かへなのか、解らないままに問いかけた。

＊＊＊＊＊

何の音もしない静かな部屋。

小さく呼吸する音すら大きく響《ひび》いてしまいそうで、クロードは無意識に息を詰《つ》めた。

何かを考えているのか、それとも辛いのか——項垂《うなだ》れたままの父を見て、クロードはどう言葉を掛けたらいいものか途方《とほう》に暮れる。そして何より、傷つきながらもこちらを気遣い、強張《こわば》った顔で出て行った姪《めい》の哀《かな》し気《げ》な瞳を想《おも》う。

理由は解らないが、酷く心を締《し》め付けられる。あのような顔は見たくないと心が騒《ざわ》めく。

（……あんな顔の幼子を、放っておけまい……！）

自分に、心の中で言いわけをすると小さく拳を握《にぎ》り、父には何も言わず踵《きびす》を返した。

この五か月程の姪の行動にも驚いたが、その後に語られた、およそ信じることが出来そうもない内容は驚くとかいう範囲を超《こ》えて、頭が理解することを拒《こば》んでいるとすら感じる。

（違《ちが》う世界、というのは……違う国や環境《かんきょう》、という範疇《はんちゅう》では言い表せないものだった）

まったく違う場所の、全く違う時代。全く違う国の、全く違う……価値観も、社会の様相も違うのだろう。想像がつかない。

（時空を……世界そのものを越えると言うのか？　……有り得るのか、そんなこと）

信じられるわけがない。しかし。

（……それは、どれ程に大きな不安と恐怖《きょうふ》なのだろう）

正直クロードは、マグノリアにたとえ別の人間の意識があろうがなかろうが、そう大きく彼自身の認識が変わるわけでも、彼女への態度が変わるわけでもなかった。

病気や何らかの心身の異常なら、大変なことであり治療が必要であるが。

理解の範囲を超えることを言い出す事にも、もちろん頭が痛いが。

そしてやっぱり突拍子《とっぴょうし》もないものを突《つ》き付けて来た姪に、ため息が出るのは仕方ないだろう。『マグノリア』は、彼にとっては目の前にいるマグノリア以上でも以下でもない。

姪とはいえ血が繋がっていないというのも、意識していないつもりでも頭の何処《どこ》かにあるのかもしれない。もしかしたら……血の繋がった肉親ではないからこそ、『姪のマグノリア』ではなく、純粋《じゅんすい》に『マグノリア』という存在のみを見、考えるのかもしれなかった。

元の彼女と今の彼女が違うもの、違う存在だと言われても、そうか、としか言えない。

大変信じ難く、奇異ではあるが。

第一、元のマグノリアの何も知らないのだ。彼にとっての『マグノリア』は、小さい癖《くせ》にやたらと頭が回り、舌っ足らずで、ちょっと生意気な、無鉄砲《むてっぽう》にも程がある、頑張り屋で愛らしい、油断ならないのに迂闊《うかつ》な、物事をとんでもない方向へひっくり返してしまう、小さい小さい女の子だ。

そうじゃないと言われても、自分にとってはそうなのだとしか言いようがない。

知らないものは認識する前にすり替《か》わっていたと説明されたとしても、失ったとは感じられない。今目の前に在る存在しか知らないし、解らない。

（……まるで、イタチごっこのようだな）

苦々しく嗤《わら》う。堂々巡りの考えを重ねたところでどうしようもない。

クロードは頭を振り払《はら》うと、マグノリアの部屋へ急ぐ。

「……マグノリア、いるか？」

――ノックをしても反応がない。躊躇いながら扉《とびら》を開けると、部屋には誰もいなかった。

「…………」

マグノリアが行く場所を考える。

「図書室、か？」

小さく呟くや否《いな》や、急いで身体を反転させる。

すれ違う使用人達《たち》に驚いた顔をされながらも、構わず廊下《ろうか》を走った。

＊＊＊＊＊

セルヴェスは疲《つか》れ果てたように力が抜《ぬ》けていた。まるで大きな戦闘《せんとう》を終えた後のようだ。

息子《むすこ》たち程《ほど》優秀《ゆうしゅう》な頭脳ではないとはいえ、地頭は悪くない筈のセルヴェスだが、マグノリアの言っていることが全く理解できなかった。

――いや、言わんとしていることは解る。しかし、意味が全く理解できない。

（どういうことだ……？）

何故《なぜ》か解らないが、自分がとてもショックを受けているのが解る。

そして、おおよそ信じられない荒唐無稽な話が、本当のことであるというのも解る。

人は嘘をつく生き物だ。どんなに信じていても、避けられない嘘がある。

保身のため、欲のため。大切なものを守るため。相手を出し抜くため、ただの愉悦《ゆえつ》のため。時に苦渋《くじゅう》の決断によって。時には無自覚に。実に様々に。

戦地では一瞬の判断の差が、自分を始め多くの人を助けもすれば滅《ほろ》ぼしもする。

セルヴェスは類《たぐ》い稀な心身能力に恵《めぐ》まれているが、実は本能的に真偽《しんぎ》を感ぜられる能力にも恵まれている。元々備えられていた能力なのか、多くの戦闘で身についた能力なのかは解らない。論理的に説明することは出来ない『それ』が、第六感的なものと言えばよいのか……漠然《ばくぜん》とした『そう思う』という直感に、何度助けられたか解らない。

（マグノリアは嘘をついていない――少なくとも、本心からそう信じている瞳だった）

そして自身が受けた衝撃《しょうげき》以上に、マグノリアが不憫《ふびん》で仕方がなく、理不尽《りふじん》さに然程《さほど》信じてはいない神を呪《のろ》いたくなる気分だった。

（何故、あんな小さい子どもに過酷《かこく》な運命ばかり背負わせようとする？　……あの娘《むすめ》が何をしたというのだ！）

力強い手が、大きく頭を掻《か》きむしる。

マグノリアはマグノリアでないかもしれない？　混ざった存在？　本人ですらも確実には解らない――どんなマグノリアでも、それはマグノリアではないのか？

変わったのなら、それごと、丸ごと愛せばいいのではないのか？

一部が理解できないからといって、全てを切り捨ててしまえるのか？

解らない時は気持ちを第一に考える。自分にとって譲《ゆず》れないもの。大切なもの。後悔《こうかい》が少ないもの。窮地《きゅうち》であれば窮地であるほど取捨選択《しゅしゃせんたく》はついて回る。

それも、そういう時に限って、間違《まちが》っては取り返しのつかない選択《せんたく》だったりするのだ。

（セルヴェスよ、己《おのれ》の護《まも》りたいものはなんだ？）

＊＊＊＊＊

クロードは一瞬《いっしゅん》戸惑《とまど》ったが、心を決めて静かに図書室の扉を開けた。

逸《はや》る気持ちを抑えるように、ゆっくりと奥《おく》へ足を進める。

ここにマグノリアはいるという確信と、自分に対しての言いようもない苛立《いらだ》ち。

部屋の奥の奥、大きな執務机に地図を広げるマグノリアの姿があった。

やっと見つけた小さな姿に安堵《あんど》の息を吐《は》くと共に、その手元にある地図を見て、焦燥《しょうそう》感が募《つの》る。人の気配に、マグノリアが顔をあげた。

「……クロードお兄ちゃま……」

そう言って口をへの字に曲げると、まん丸の大きな瞳から、ぽろぽろと大粒《おおつぶ》の涙《なみだ》が零《こぼ》れ。

「……なっ！」

クロードは突然《とつぜん》の涙に身体を強張らせたが、急いで大股《おおまた》で近づくと腕を伸ばし、膝《ひざ》立ちだった椅子《いす》から強引《ごういん》に引き寄せては、マグノリアの小さな顔を頭ごと自分の胸に押《お》し付けた。

「ぶっっ!!」

鍛《きた》えられた硬《かた》い胸板《むないた》にしたたかに額と鼻を打ち付けられ、マグノリアは潰《つぶ》れたような音を出した。

「何を泣いているんだ！」

「だって……！」

クロードが怒《おこ》ったように聞く。マグノリアは胸に顔を押し付けたまま、涙は止まることなく、どんどん頬《ほお》を濡《ぬ》らす。

言葉は出て来ず、大きく吐く息と、とめどない涙がクロードの胸元《むなもと》を温《あたた》かく湿《しめ》らせる。

マグノリアは嗚咽《おえつ》を必死に抑え、大きく肩《かた》で息をしながら問う。

「……気持ち悪くないのでしゅか？　しょれに、しょれにわたちは」

「お前はマグノリアだ。違うのか？」

マグノリアの言葉を遮《さえぎ》ってクロードが問い返す。

緩《ゆる》んだ腕から、マグノリアが顔をあげた。

――引き結んだ小さな唇《くちびる》が震《ふる》え、音もなく次々と涙が零れ落ちる。

「……酷い顔だな」

クロードが困ったように薄《うす》く笑うと、マグノリアが座っていた椅子に座り小さな姪っ子を自らの膝に乗せ、取り出したハンカチでそっと頬と瞳を押《おさ》えた。

「〜〜〜〜、ふえぇっ」

ハンカチを押える手がとても優《やさ》しくて、余計に泣けてくる。

拭《ぬぐ》っても拭っても溢れる涙が、時折クロードの指を掠めて濡らす。

(……今まで、泣けなかったのか……)

「俺《おれ》にとってマグノリアはお前だ。大人でも子供でも。知識があってもなくても」

真っ赤になってしまった瞳を覗《のぞ》き込んで、自分にもマグノリアにも言い聞かせるように、囁《ささや》く。この娘のこんな顔は見たくない筈なのに。

もっと上手く慰《なぐさ》められればよいのに。それ以上、クロードの口から言葉が出ることはなく、薄い唇を引き結んでハンカチをあて続ける。

「……ここに居ても、よいのでしゅか？」

「ここ以外に何処へ行くつもりなんだ？」

(なんてお人好しなんだろう)

泣きながら、苦笑いしようとした時。

凄《すさ》まじい勢いの地響《じひび》きがする。ガラス窓がビリビリと細かく揺れ、床《ゆか》が何か重いものを受け止めては軋《きし》むを繰《く》り返している。

「「…………」」

何事かとマグノリアが思った瞬間《しゅんかん》、図書室の扉が蹴破《けやぶ》られるような音がして、大きな塊が目の前に飛び出してきた。セルヴェスだ。

今にも死にそうな顔をした祖父が、泣き濡れる孫娘を見ると義息子からひったくり、ぎゅーっと抱《だ》きしめる。

「ぐえ……っ!?」

（……じ、死ぬ……！）

「すまん、マグノリアァ！　余りの衝撃と不憫さに気を取られてすぐに抱きしめてやれず、すまんーーっっ!!」

心底悔《く》いるような唸《うな》り声を聞いて、ああ、この人もかと思う。

「おじいしゃま！」

「マグノリアァァァァ!!」

「……ぐふぅ！」

心配しつつ戻ってくれれば、何やら目の前が賑《にぎ》やかなことになっている。後ろでお茶を淹《い》れるための一式を持ったまま唖然《あぜん》と固まるリリーに、クロードは苦笑いをして言う。

「悪いが、濡れ手巾《しゅきん》と冷たい水を持って来てくれ。あれの瞳が腫《は》れてしまう」

「……！　はいっ!!」

よく解らないけど上手く纏《まと》まったらしい様子にほっとしながら、リリーは弾《はじ》かれたように走り出す。

「……父上、それ以上締めるとマグノリアが潰れてしまいますよ？」

ため息交じりにクロードが止めに入る。ぎゅうぎゅうと抱きしめられ、本当に今にも潰されそうだ。

潰されそうになりながらも、マグノリアは破顔した。


人の存在はいつだって移ろい易《やす》い。生も死も、すぐ隣《となり》にある。

現実なのか幻《まぼろし》なのか。真なのか疑なのか、それとも偽りなのか。

境界線は時に曖昧《あいまい》で掴《つか》みどころがない。

確かな鼓動《こどう》と息遣《いきづか》い。柔《やわ》らかい声と力強いまなざし。そう、確かに『マグノリア』は今ここに居るのだ。

彼女の。彼等《かれら》の。三人はそれぞれにそう思った。

第三話　訓練を始めよう

「いっくよーーーっ!!」

マグノリアは手を挙げるような恰好《かっこう》をすると、小走りで庭の大きな木にピョン！　と飛びついてはしがみつき、うんしょうんしょと言いながら木を登り始めた。

下でハラハラしながらディーンが見上げていたが、お世話相手のお嬢様に「おいで〜」と言われ、心を決めて後を追う。

子どもがふたり、庭で木登りをしているのだ。傍《はた》から見ると微笑《ほほえ》ましい和《なご》やかなシーンではあるが。

「ちょっ、マグノリア様!?　クロード様やプラムさんに見つかったら叱《しか》られますよ!!」

貧乏男爵《びんぼうだんしゃく》家の娘とはいえ、れっきとしたご令嬢《れいじょう》であるリリーは、まさか自分の主である侯爵令嬢《こうしゃくれいじょう》が木登りを始めるとは思わず目を剥《む》く。

執務室《しつむしつ》では、窓の外の笑い声とぎゃいぎゃい騒《さわ》ぐ様子を、バッチリきっかりセルヴェスとクロードが見ていた。もう遅《おそ》いというやつである。

「マグノリアが木に登って、あんな高い所に……!! 大怪我《おおけが》をしたら大変ではないか!!」

この館の主人でありこの地の領主でもあるセルヴェスは、あわあわしながら窓を突き破《やぶ》って孫娘を助けに（?）行きかねない勢いだ。

が、しかし。出来る家令に首をむんずと掴まれ座《すわ》らせられると、ドカリと追加の書類を押し付けられる。

「大丈夫です。さぁ、セルヴェス様はこちらにサインなさって下さいませ」

言うや否や、ずずいーーーっと書類の山が幾《いく》つもセルヴェスに迫《せま》って来る。

「だが、セバスチャン！　マグノリアのあの白魚のような足では、枝から飛び降りでもしたら骨折してしまうぞ……！」

……兄や自分に、鬼《おに》のような稽古《けいこ》をつけた人間が言う台詞《せりふ》なのかとクロードは思う。

ましてや父と比べたら、どんな人間でも白魚のような腕《うで》にも足にも見えることだろう。

第一、そのたとえは白魚のような指ではなかったか。

クロードは呆れながら口を開く。

「……大丈夫ですよ。マグノリアの足は存外太いですからね」

足だけでなくお腹《なか》も腕も、むちむちしている。幼児体型真《ま》っ只中《ただなか》なお嬢様は、太ってはいないがとってもプニプニとしているのだ。

待遇《たいぐう》の良くなかった実家でさえも栄養はきちんと摂取《せっしゅ》していたようで、初《ぞ》めて見た時からやつれている様子は微塵《みじん》もなかったのは幸いだった。

「ううぅ……。か、身体が痛いでしゅ……」

午後にディーンが勉強へ戻って行くと、マグノリアは執務室にやって来ては小さな机に突っ伏《ぷ》した。

意識では数十年ぶりに。体感的には生まれて四年、初めて木登りをしたが。

普段《ふだん》使っていない筋肉を使ったのか、早速《さっそく》やって来た筋肉痛に悩《なや》まされていた。

小さい男の子と遊んであげるのは気分転換《てんかん》にはなるが、なかなか骨が折れそうである。

「…………。確か中身は兄上より年上だと言っていなかったか？　異世界は年増《としま》の女性も木登りをするのか？」

呆れた口調のクロードに、マグノリアはがばりと起き上がって眉《まゆ》をきゅーっと吊《つ》り上げて非難する。

「年増⁉　女性にしょんなことを言うなんて、クロードお兄ちゃまってばサイテーでしゅ‼　三十代は年増じゃないでしゅよ！　全世界、全異世界の三十代に謝《あやま》ってくだしゃいましぇ‼」

「この世界で三十代の女性は年増だ」

「むっきーー！　しょれに、わたち、お父しゃまとそんなに変わらないんでしゅからね！　まちて今は可愛《かわい》い幼女でしゅよ！」

人払《ひとばら》いをした執務室で、クロードとマグノリアが言い合いをしている。

叔父と姪という間柄《あいだがら》ではあるが彼女がお兄様と呼ぶのも納得で、本当に兄妹《きょうだい》のようだなとセルヴェスは思う。思い起こせばクロードは、十歳年上の兄であるジェラルドには口答えなどしない子だった。

マグノリアは幼子でありながら、心持ちに余裕《よゆう》を感じるところがある。

たとえしっかりしていても本当の子どもと、子どものフリをした大人の差なのか。

クロードはクロードで小さい子どもを導いているというより、揶揄《からか》って構っているようにしか見えない。

（なので、気を許して気兼《きが》ねなく軽口も言えるのだろうという気がするが。……言わないでおくか）

仏頂面《ぶっちょうづら》が通常装備の筈《はず》が、存外可愛らしいところもあるらしい息子と、可愛いことこの上ない孫娘のやり取りを見て頬を緩める。

マグノリアは居候《いそうろう》することに決まってから切に希望していた、領地に関する知識を得られることになった。今もそのために執務室にいる。

先日、かなり早くに暴露《ばくろ》してしまうに至ったマグノリアの秘密である『前世の記憶《きおく》と知識』であるが……その真偽には半信半疑であるものの、根掘《ねほ》り葉掘《はほ》り質問され、確かに高度な知識を有していることは証明されたからだ。いつもの如く図書室に入り浸《びた》って知識を得ようとしていたが、目を離《はな》すと何をしでかすか解らない、何処へ転がって明後日の方向へ飛んで行くか解らないこともあり、執務《しつむ》の傍《かたわ》ら説明しようとクロードが決めた。

一応執務やら騎士《きし》団《だん》の訓練やらで忙しくしている保護者達を気遣ってか、一緒の部屋で書類や書籍《しょせき》から初歩的な知識を得る心積もりでいるらしい。

集中してそれらを読み込んでいる様子を、セルヴェスは不思議そうに、クロードは興味深そうに見ていた。

元々は他国の侵略《しんりゃく》に晒《さら》されていた国であったため、アゼンダ辺境伯領はその緊張《きんちょう》感を示すかのように、高い城壁《じょうへき》で囲まれた土地である。大陸の内陸地にあるアスカルド王国の一領地となってからは、唯一《ゆいいつ》海に面しており、港がある領地となった。

（他国とのやり取りはどうなっているのかな……上手く活《い》かせたらかなりのアドバンテージになりうるのに）

森林と湖が多く、自然に恵まれた土地。

それらが殆《ほとん》ど手つかずのまま残っていると言ってもよい。

……風光明媚《ふうこうめいび》とも言えるし、絶景の大自然とも言えるが、ド田舎《いなか》とも言える。もちろん田舎が悪いわけではないが、それでも領民のための開発が悪と言うわけでもないと思うのだが。

「……基幹事業もちくは産業は何なのでしゅか？」

「農業だな。後は、港があるので造船。関連して木工と金属加工か」

「ふんふん……人口の分布や、しょれじょれの年齢《ねんれい》人口等は解《わか》りましゅか？」

「大まかには解るが、きちんとした統計としてはない。領民の内訳は元アゼンダ公国の者が八割程だと思う」

「なりゅほど」

（実際見てみないと詳《くわ》しくは解らないよねぇ……視察って言っても、子どもが何をって感じだよなぁ）

それに、見たからといって行政運営のスキルがあるわけではない。教科書で読んだ範囲《はんい》と、現代社会で耳にしたり、テレビ等で見たものを何となく取り入れる程度だろう。

木札に『港』『事業』『城壁と要塞《ようさい》』『騎士団』『領民』『疫病《えきびょう》・災害』と書き、その下の空白に聞いたことや思いついたこと、読んだ内容等をつらつらと記入して行く。

「……それは何をやっているんだ？」

クロードが興味津々《きょうみしんしん》といった風で覗き込む。

「これでしゅか？　ＫＪ法……またはカード分類比較法《ひかくほう》という方法の、亜流《ありゅう》でしゅね」

本来は付箋《ふせん》一枚にひとつ、思いついた内容を書いていく。ある程度出切ったら、同じようなものや似たもの、関係しあうもの……と分類したり纏めたり、グループ分けをしたりしてアイディアを纏めたり絞り込んだりするのだ。

そうやって全体を俯瞰《ふかん》し把握《はあく》する方法である。が。

「考えを纏めたり付け加えたりしゅるのに便利なんでしゅけど。紙があまりないので、思いつく度《たび》書き込んでりゅんで。本来のやり方とはだいぶ違うので亜流でしゅ」

「ふむ」

クロードはそう呟《つぶや》くと並べてある全体を暫《しばら》く見つめていたが、今度は木札を一枚一枚、精査しているようだった。

暫くするとクロードは騎士団の練習が、セルヴェスは来客があるということで、木札を持ってリリーと共に図書室に移動する。

「……騎士《きし》しゃん達は何処に住んでいりゅか、知ってりゅ？」

「現在ギルモア騎士団は辺境を守っているので、城壁の近くにある要塞が寄宿舎になっているみたいですね。希望すれば街中にも住めるそうですが、奇宿舎の方が断然お得に住めるので、利用者が多いみたいですよ」

リリーはワゴンを押しながら答えた。海を除く全てを城壁に囲まれている領地。守られてはいるのだろうが、多分膨大《ぼうだい》になるであろう維持費《いじひ》はどうなっているのだろうか。

「アゼンダの人は昔から城壁に守られて来たという気持ちが強いみたいで、ヒビや欠損があると自主的に直すのが昔からの習わしなのだそうです。カバーしきれなかったり内側の修繕《しゅうぜん》などは、簡単なものなら騎士団で直すみたいですよ？」

「騎士しゃまなのに？」

マグノリアの疑問に、リリーは苦笑いする。

「……まあ、団長がセルヴェス様ですからね。元々ギルモア騎士団は戦闘こそ激しいですが、普段の気風はあまり細かいことを気にしない方々が多いみたいですよ？」

（そうすると、城壁と要塞はそれなりに手入れされ、有効活用もされているのか……）

「今迄《いままで》の他国の統治者に比べて、アゼンダの風習や価値観を否定せずに寄り添《そ》ってくれると言われているみたいですからね。セルヴェス様たちが領民を思《おも》い遣《や》るように、領民も領主様方をお慕《した》いしているのではないでしょうか」

「しょっか……」

（そう言われちゃうと、後から来て日も浅い分際でいたずらに口出しするのも憚《はばか》られるな。もう少し色々確認《かくにん》する必要がありそうだね）

気になるところは、基幹産業が農業なら灌漑《かんがい》と、輸送のための幹線道路の整備。

そして一番の関心は、災害への備えがどうなっているかだ。特に災害への備えは重要だ。人々の命に関わる。

過去のアゼンダの記録や、新聞を捲《めく》っても調べられるここ二、三百年程は津波《つなみ》も山火事もなければ、山林を大きく切り崩《くず》してもいないので甚大《じんだい》な土砂《どしゃ》崩《くず》れもなく、短い川には湖か海がセットになっており、大きな水害になることもないようだった。

セルヴェスの話では備蓄《びちく》もそれなりに揃《そろ》えられているという。

（……一番の災害は人災なのか……）

緩衝国《かんしょうこく》として、時には様々な国の属国になった歴史もあり、アゼンダの人々は比較的《ひかくてき》粘り強く、その時々の状況《じょうきょう》を受け入れる柔軟性《じゅうなんせい》も持ち合わせている国民性、もとい領民性だ。

長い長い大戦では、幾度《いくど》となく窮地に立たされて来たであろう。

最終的に今はアスカルド王国の一部となってしまったものの、無理強《むりじ》いをしないアゼンダ辺境伯領としての生活を、彼等は疎《うと》んではいない様子だという。

使用人達の話なので、何処まで信ぴょう性があるとするかは個人の解釈《かいしゃく》によるが……

慣れないことをずっと考えていたからか、眉間《みけん》の奥が鉛《なまり》を詰めたように重い。

疲れた瞳を休めるために、マグノリアはお茶を飲むことにした。

「リリーも休憩ちたらいいよ」

窓の外を眺《なが》めながらしばらくまったりお茶を飲んでいると、萎《しお》れたディーンが入室してくる。……またプラムにこってり絞られた様子だ。自分の孫ということで期待値が高いのだろう。会話を聞いていると習熟度に対し進行も早い上、ちょっと難易度も高いと思う。飴《あめ》と鞭《むち》ならぬ鞭と鞭になってしまっており、幼児には辛《つら》そうだ。

「ディーンもよかったらお茶にしよう。お菓子《かし》もあるよ?」

マグノリアは手招きすると、向かいの席に座るよう促《うなが》す。

遠慮《えんりょ》がちにしているものの、お菓子と聞いてソワソワする様子が何とも可愛い。お茶を飲みお菓子を二つ食べたところで、彼はため息をついた。

「……俺、勉強に向いてないんだ、です……」

慣れない敬語に苦戦はしているものの、話している様子から知能が劣《おと》るという感じはしない。実際の作業――従僕《じゅうぼく》として雑務をお手伝いしているのだが、それは問題ないらしい。

それどころか、手際《てぎわ》が良いと褒《ほ》められている。愛想もよいので、使用人達にも大層可愛がられているように思う。

数字もある程度まで数えられる。文字もたどたどしいがそれなりに書ける。

勉強を始めたばかりだ。勉強開始後二年経《た》ったブライアンと比べても、同じ頃《ころ》にはディーンの方が出来るようになっている筈だ。間違いない。

(多分、もうすぐ簡単な計算も出来るようになるし、読み書きも大丈夫《だいじょうぶ》そうだけどなぁ)

ただ、叱られるしやりたくないから、余計に身が入らないといった風に見える。

有り体《てい》に言えば、嫌々《いやいや》やってる。

「しょうねぇ、文字表を貸ちてあげりゅから、毎日五個じゅつとか無理でない範囲を決めて、練習ちたりゃいいよ。基礎《きそ》は大事よ。……あと、重要にゃことなんだけど」

マグノリアはディーンの青に墨《すみ》を混ぜたような色合いの瞳を覗き込《こ》んで、続ける。

「ディーン、従僕よりも、やりたいことがありゅんじゃない？」

ディーンは大きな瞳を見開いて、身体を強張らせた。彼が自分の口から語ってくれるまで、黙《だま》って返事を待つ。少しばかり逡巡《しゅんじゅん》して、重い口を開いた。

「……うん。俺、本当は騎士になりたい！」

(やっぱし)

マグノリアとリリーは視線を合わせた。

人間、嫌《いや》なことを無理矢理《むりやり》やらされても飲《の》み込みが悪い。小さい子なら確実に機嫌《きげん》もやる気も左右される。

勿論《もちろん》、勝手気ままに好きなことばかりは出来ないし、騎士だって読み書きは必要だろう。好きな職業を選ばせてあげたいが、それそこはパルモア家の方針や考えもある。聞くところによれば、上のふたりの兄は騎士を目指しているらしい。強くてカッコいいものに憧《あこが》れるお年頃《としごろ》だ。駄目《だめ》だと言われれば尚更《なおさら》それがやりたいのだろう。

一方で、パルモア家の考えも解る。終戦を迎《むか》えたとはいえ万一再び開戦した場合、間違いなくギルモア騎士団は戦場に出る。数多くの国境と接してもいるから、かつて緩衝国であったアゼンダ領が戦場になる可能性も高いだろう。そうなった時、家を存続させるためには騎士以外の仕事の子どもをキープしておきたいと思う筈だ。

ここの社会の風潮として、子どもの意志よりも大人の考えが通り易いのだ。ある種、親の決定は絶対とも言える。

ましてそこに年の近いお嬢様《じょうさま》がやって来た。お世話係にと思う気持ちも解るし、本心から年の近い（物理は）お嬢様が退屈《たいくつ》しないように、遊び相手をして差し上げてはという配《はい》慮《りょ》もあるのだろう。

マグノリアは瞳《ひとみ》を逸《そ》らさずに見つめたまま、ゆっくり言う。

「ディーン、本当に騎士になりたいにゃら、騎士ににゃればいいよ」

「でも、みんな駄目だって……！」

うっすらと涙が浮《う》かんでいる瞳を見て、うん、と頷《うなず》く。

「……しょうだね。だかりゃ、今は勉強やお手伝いをしゅる。怒りゃれないように、ちゃ、ん、としゅる。騎士も勉強は大事よ」

「…………」

「本当にやりたいにゃら、頑張《がんば》って自分がやりゃなきゃいけないことをきちんとやりゅ。それから、騎士になりゅための練習や勉強もすりゅ」

ちょっと大変ではあるが、幼児期の練習だ。頑張れない内容でもないだろう……多分。

「そりぇにね、従僕になりたい人だっていりゅのよ。ディーンが嫌々すりゅより、本当になりたい人がなった方がいい」

「俺、別にマグノリアの従僕が嫌なんじゃない……！　ただ！」

ディーンがはっとして、焦《あせ》ったように言い募る。焦って呼び捨てになっているのはご愛《あい》敬《きょう》だ。

「うん。知ってりゅ。でも、ちゃんとちないのは違う。お仕事と好き嫌《きら》いは別。自分がやりたいことをしゅるのには、努力がいりゅ。頑張れりゅ？」

「……うん！」

元気なお返事だ。マグノリアはディーンの打って変わった様子に、内心苦笑いをする。

「じゃあ、数字と文字、毎日少しずちゅ頑張って。そりぇがスラスラ出来りゅようになったら、計算と言葉や作文。解った？」

ディーンは大きく頷いた。

三人で部屋に戻り、ディーンに渡《わた》すため、久《ひさ》し振《ぶ》りにダフニー夫人の文字表を手に取る。

（まだ少ししか経ってないのに……何か懐《なつ》かしいなぁ）

水縹色《みはなだいろ》した瞳の、厳しいがさり気ない優しさの夫人を想う。

じっと手元を見つめるマグノリアを見て、ディーンが困ったように口を開く。

「……それ、マグノリアさまの大切なものじゃないの？　借りてもいいの？」

不安そうな顔に向かって、にっこり笑って頷く。

「うん。凄《すご》く大切なもにょ。だかりゃ『友達』のディーンに貸しゅよ。大切に使って、ちゃんと覚えたら返ちてね？」

「うん。解った！」

一瞬《いっしゅん》、ディーンは虚《きょ》を突かれたように目を見開いたが。『ともだち』と小さく呟くと、すぐに決意とやる気に満ちた表情になって、リリーもマグノリアも頬を緩めた。

（……やる気が出てきたら、冷めないうちに軌道《きどう》をつけてしまわねば）

　鉄は熱いうちに打てだ。


　夕食の時にセルヴェスとクロードに直談判《じかだんぱん》する。体育会系には正攻法《せいこうほう》が一番。

「万一にしょなえて、武術の練習をちたいのでしゅ。従僕になる予定のディーンも一緒《いっしょ》に教えてくだちゃいましぇ！」

　ふたりは微妙《びみょう》な顔をしたまま、マグノリアを見た。

　何故《なぜ》だかふたりには、目の前の幼女が物凄《ものすご》く張り切っているように見えるのだが。

（これはよくない兆候だ……）

　クロードは眉間と唇にきゅっと力を込めて警戒《けいかい》した。

　マグノリアとしては是非《ぜひ》ともここで、ディーンのためにオーケーを貰《もら》わねば！　そう意《い》気込《きご》んでいるだけなのだが。

　……先だってのジャイアントアントへの打ち込みを見て、マグノリアにはお世辞にも武術の適性があるようには思えなかった。だがしかし、否定の言葉を吐いたら最後、騎士団に突進《とっしん》する姿しか見えない。

本人は否定するだろうが、如何《いかん》せん今までの行動が物語っている。

危ないこととなる前に、適度に教え適度に鍛えて意識を逸らすのがよいだろうという暗《あん》黙《もく》の会話を、視線と視線で行うセルヴェスとクロードだった。

「……ああ、マグノリアは切り裂《さ》きライラに教わっていたんだったか……まあそうだなぁ。何があるかわからんし、多少は覚えておいてもいいだろう」

「ないとは思うが、マグノリアだからな……悪漢に絡《から》まれた時、ディーンも対応出来る方がよいだろう」

ふたりは上っ面《つら》をなぞるように言うと、顔を見合わせて頷き合う。

（やったね！　これで取り敢《あ》えず基礎的《きそてき》な訓練は覚えられる筈）

……しかし、何となくまたディスってるよね？　そうマグノリアは思い、何処《どこ》か納得《なっとく》が行かない表情をした。

そしてむっすりとしながらも、こっそり給仕《きゅうじ》の手伝いをするディーンを見遣《みや》ると、頬を紅潮させて手を握《にぎ》りしめていた。……嬉《うれ》しそうで何よりである。

しかし。バケモノ並みのふたりに教わるのも嫌だし、忙《いそが》しい様子なので気も引ける。

（出来れば、新人騎士さんとかに教えてもらえる感じだといいのだけど……）

「明日から、朝の訓練に参加するといい」

「……あいがとうごじゃいましゅ」

（……始めは走り込みとかだろうか。さてさて、どうなることやら）

取り敢えず明日に備え、今日は早く眠《ねむ》らなくては……と思うマグノリアであった。


案の定プラムは懸念《けねん》と心配を口にしていたが、マグノリアはギルモア家の人間であるため、もしもの場合は昔のジェラルドのように戦場へ出る可能性もゼロではないことを理由の一つにあげた。実際何の訓練も受けていない、ましてや女子であるマグノリアが戦場に出るなど余程《よほど》のことであり、最後の最後だろう。

更《さら》には公爵《こうしゃく》家に近い侯爵《こうしゃく》家のご令嬢として、暗殺や暴漢に対し備えが必要であり、必然的に従僕であるディーンにも最低限の武術は必要であると説く。

「護衛がついていりゅとは言え、もち護衛が倒《たお》れた場合は従僕であるディーンが護るのではないのでしゅか？　それとも、わたくちが従僕である彼を護るのでしゅか？」

貴族のお嬢様らしく発言する場合に使っている『わたくし』という人称表現に加え、確かに最終的に近くにいることになるディーンが主人――それも女性に護られる存在であるのはおかしいだろうというWのロジックで迫る。

武術の心得がなければ身を挺《てい》して護るしか術《すべ》がなく、その場合はせっかくの捨て身の行《こう》為《い》も無駄《むだ》な抵抗《ていこう》という範囲のもので。基本、機動能力が劣るお嬢様もあの世行きにしかならないのだ。プラムは諾《だく》と言うしかないだろう。

（……うん。まあ詭弁《きべん》だよね。ごめんね、プラムさん）

心の中で頭を下げる。あなたの孫のためです、許してください……！　と。

翌朝、少し早めに来たディーンに、数字と文字の書き取りの進捗《しんちょく》を聞く。

地面に小枝で書いてもらい、添削《てんさく》する。

「昨日はちゃんと勉強出来たみたいだね。今日も頑張りょう！　もち疲《つか》れて出来にゃかったりゃ、一文字でもいいかりゃ、必ず毎日練習しゅること。出来りゅね？」

「解った」

ディーンはディーンで、お嬢様が本来は必要ないのにもかかわらず、自分のために保護者ふたりに頼《たの》んでくれて、尚《なお》かつ付き合って鍛錬《たんれん》することになったのを充分《じゅうぶん》理解している。ましてや想《おも》い出の品なのであろう、大切な道具を『友達』だと言って貸してくれた。

……友達なわけなどない、本来なら。

なのに従僕の仕事や勉強をしたくなくてグズグズしていた自分をちゃんと受け止めてくれ、その上で勉強も必要であると教えてくれた。また、自分にとっては好きに思えない仕事だとしても、他の人にとっては大切なものであることも改めて教えてくれた。

（小さいのに……年下なのに、マグノリアは凄いなぁ）

本当なら、男爵家《だんしやく》の三男のくせに自分に仕えるのが嫌だなんてどういうつもりだと問い詰《つ》められても文句が言えないのだ。それどころか、小さい頃から安定した職を得られることに感謝すべきであろう。

（マグノリアは大切なお嬢様だ！　騎士になっても従僕になっても、必ず護れるようになるんだ！）

ディーンはまだ小さい自分の胸に決意を刻《きざ》み込む。前を行くマグノリアは、セルヴェスの左肩《ひだりかた》に乗せられているが。

彼が護るべき小さい背中に、彼はひとり誓《ちか》ったのであった。


騎士団の面々は、セルヴェスの肩に乗る小さい女の子を見て、この方が噂《うわさ》のご令嬢かと興味深そうに観察する。セルヴェスとクロードはマグノリアを隠《かく》して育てるつもりはなく、特段情報の統制をしなかった。

出迎《でむか》えに居合わせた館の護衛当番から、どうも王都のギルモア家から小さい女の子を預かったらしいと既《すで》に騎士団へ伝えられている。

噂や野次馬根性《やじうまこんじょう》からではなく、護衛対象はきちんと知っておくに限るからだ。

「孫娘《まごむすめ》のマグノリアと、その従僕のディーン・パルモアだ。万一の襲撃《しゅうげき》等に備え、護身術と簡単な攻撃《こうげき》の訓練をする。怪我《けが》などがないよう、充分注意してやってくれ」

「「「「「はっ!!」」」」」

（おおぅ、何十人もの一斉《いっせい》の返事、でけぇな……）

ゆっくりと降ろされながら、思わず心の中で言葉が前世の口調に戻《もど》るマグノリアだが。

顔にはそんなことを微塵も感じさせない綺麗《きれい》な微笑みが張り付けられている。

「騎士の皆《みな》しゃま、いつも領民と御国《おくに》、そして辺境伯《へんきょうはく》領のためにお仕事ちていただき、ありがとうごじゃいましゅ。訓練に参加しお邪魔《じゃま》かとおもいましゅが、どうぞよろしくお願いいたちましゅ」

綺麗に淑女《しゅくじょ》の礼を取る。着ている服は汚《よご》れても構わないよう、ギルモア家から持参したワンピースなのでちぐはぐな感じではあるが。

騎士団のメンツは、大男と大男の間に挟《はさ》まれたすんごい小さいお嬢様をまじまじと見る。

社交界を席巻《せっけん》するレベルの美貌《びぼう》……になるであろう姿に（但《ただ》し十年以上後）、舌っ足らず過ぎる幼い口調。なのに一端《いっぱし》の貴婦人であるかのような口上と礼。

（（（（（これは見事にアンバランスだな……）））））

何と言ってもセルヴェスとクロードと、お嬢様の体格差が凄い。人と豆粒《まめつぶ》に見える。

まあ、セルヴェスが人外じみているのもあるのだが……目の前の幼女と血縁《けつえん》関係があることが不思議で仕方ない対比だなと皆思う。

「よ、よろしくお願いしますっ！」

その隣で焦ったように挨拶《あいさつ》をする少年を見て、騎士たちは何だか大変そうだな、と同情の念を送った。

紹介の後、騎士団は訓練に入る。長く騎士団に在籍《ざいせき》していると、領主家の子ども達が訓練に交じることはままあることだった。ジェラルドもクロードも、小さい頃から訓練に交じり剣技《けんぎ》や体術を学んできた。

だが、ギルモア家で女の子が訓練をするのは珍《めずら》しい。近年は男子ばっかりが誕生していたのも大きいだろうが、少し前まで戦時中でもあったため、女子への訓練よりは実際に戦場へ出る男子へ比重が偏《かたよ》っていたのは明白であった。

——家柄《いえがら》といいあの見目といい、訓練をしておくに越《こ》したことはないのだろうが。

余りの可憐《かれん》さに、ただ護《まも》られていればいいのにと思うと同時に、可愛い顔にまかり間違《まちが》って傷なんか付けてくれるなとハラハラする。

（（（（（……それにしても））））））

あの、腰《こし》に巻き付けている鎚鉾《つちほこ》はなんなのか？　可愛らしい見目とは結びつかない武器。

だが、小型なので子どもにも扱《あつか》い易そうではある。

（（（（（セルヴェス様の血縁者《けつえんしゃ》だ……もしや、凄い実力が既に……？）））））

ゴクリ。唾《つば》を飲み込む音があちらこちらから聞こえる。

騎士たちはセルヴェスとクロードに視線を向け、すぐさまマグノリアを見た。

「…………」

（…………何か、すんごい注目浴びてない？）

マグノリアは突《つ》き刺《さ》さるような視線を感じ、怪訝《けげん》な表情をする。

隣のディーンは、今までの意気揚々《ようよう》さは何処《どこ》へ行ったのか、非常に硬《かた》い表情をしていた。

少し離れた所で準備運動をしたり型の練習をしている騎士たちが、妙《みょう》な緊張感を漂《ただよ》わせてマグノリア達の方を見ているのだ。

いつもは活《かつ》を入れる筈のセルヴェスも、そわそわ・チラチラしている。

（……やりにくい）

マグノリアは目の前の叔父《おじ》のような顔をする。

「……始めは走り込みや準備運動をするのでしゅか？」

「そうだな、先にどの程度の素養があるか見せてもらおう」

不愛想《ぶあいそ》な叔父は通常運転で、ぶっきら棒に言い放つ。

まずはディーンが木刀を持ち、素振《すぶ》りと幾つかの型を行ってみせる。

「ふむ。ディーンは自己流で練習をしているのだな。変な癖《くせ》がつくとよくないので、型は習うまで止《や》めなさい。後ほど基礎体力をつけるために走るので、少し離れて準備運動をしておきなさい」

「はい!!」

気難し屋な師匠《ししょう》とキラキラお目々の弟子《でし》。

憧れの騎士に言葉を掛《か》けられてやる気満々の少年の隣で、うんうん、と頷く。

「……マグノリアは気を抜《ぬ》かずに集中しなさい。今度はお前の番だ」

「……はぁい」

眉間にクロード渓谷《けいこく》を作りながら睨《にら》まれた。マグノリアは神妙《しんみょう》な顔をして返事をする。

「わたち、剣は使ったことないでしゅ」

「ライラから教わったことをしてみなさい」

「……武器を使うための基礎訓練、でしゅが。それでいいでしゅか?」

クロードは無言で頷く。

練習場の静かな緊張感は、最高潮に達した。

マグノリアは小さい鎚鉾を両手に持ち、交互《こうご》に片足を上げる。四股《しこ》を踏《ふ》んでは腰を落として踏ん張り、そのまま前後へ移動する。

「ふっ！　はっ!!　とう！　やぁ!!」

肩《かた》より上に上げながら、飛び跳《は》ね・ステップ、ターン。

飛び跳ね・ステップ、ターン。屈《かが》んでジャンプ！

「えいっ！　やぁ!!　さっ！　はいっ！」

今度は何やら険しい顔で両手を交互に突き出し、正拳突《せいけんづ》き。

「やぁ!!　さっ！　はっ!!　とう!!」

「………………」

「「「「？.？.？.？.」」」」

クロードは眉間の皺《しわ》をぎゅっと一層深くし、口をへの字に曲げた。

騎士たちはあっけに取られる者、身体を小刻みに震《ふる》わせる者と。

「ふっ！　はっ!!　ふっ！　はっ!!」

鼻を膨《ふく》らませながら怪《あや》しい踊《おど》りを踊るマグノリアを見て、ディーンは微妙な表情をしながら大きな瞳を瞬《しばた》かせた。

訓練場の雰囲気《ふんいき》とは対照的に、マグノリアに至っては大真面目《おおまじめ》かつ真剣《しんけん》である。

「ぶっ！」

ひとりの騎士が堪《たま》らず小さく噴《ふ》き出した。

セルヴェスが、凄《すさ》まじい勢いで噴き出した方向へ鬼の表情を向ける。

騎士達《きしたち》は声が出るのを必死で抑《おさ》え、腹筋と表情筋をプルプルさせていた。

「ていやあぁ～っ!!（ビシィッッ！）」

ポーズが決まった。

「「「「ぶーーーーッ！！！」」」」

堪《た》えきれず、崩れ落ちた騎士達が数名、セルヴェスから射殺《いころ》すような視線を受けていた。

クロードは頭が痛そうな顔をしながら、言う。

「…………。その運動は、するなら館でのみにしなさい。訓練場ではディーンと同じことをするように」

「……はぁい？」

（……やれと言うからやったのに……）

解ったような解らないような返事をしながら首を傾《かし》げているマグノリアに、クロードは深い深いため息をついた。

その後ディーンとふたり訓練場を走らされ、幾つかの型を教えられ、模擬剣《もぎけん》を振《ふ》り回す。

腹筋や腕立《うでた》て伏《ふ》せなどをし、軽くまた走る。……普通《ふつう》にキツい。

その間、さっきまでの緊張感は何処へやら。騎士達がにこにこと会釈《えしゃく》をして行く様子に、会釈し返しながら、盛大《せいだい》に首を傾げるマグノリアなのであった。

第四話　遠乗りへ出掛けよう

朝食へ出ると、しおしおと萎れたセルヴェスが座《すわ》っていた。

「王宮から呼び出しがあったんだ……行きたくない！　行きたくないぞ!!」

二か月に一度程《ほど》、セルヴェスとクロードが交替《こうたい》で王宮に出向くそうだが、それを待たずにセルヴェスへと招集が掛かったらしい。

早朝に早馬があったらしいが、せめて孫娘と食事を一緒にとりたいと駄々《だだ》を捏《こ》ね（？）出発の時間を遅《おく》らせたのであった。

「急がなくて大丈夫なのでしゅか？」

「……大丈夫だ。大丈夫なのだ。ここは辺境なのだ、王都は遠い」

鬱々《うつうつ》とした表情で、ブツブツ言いながら食事をしている。

マグノリア以外は慣れたものなのか、完全スルーをして粛々《しゅくしゅく》と朝食の準備をしていた。

散々文句を言った後、馬車に乗る時にも渋《しぶ》っていたので、マグノリアはとことこと近づいて、セルヴェスにぎゅっと抱《だ》きついた。

「お仕事を頑張りゅおじいしゃまも、頼《たよ》りにしゃれるおじいしゃまもカッコいいでしゅ！

早く行って御用《ごよう》を済ましぇて、早く帰って来てくだしゃいまちぇね？」

上目使いでちょっと淋《さび》し気《げ》な、穢《けが》れなき眼《まなこ》ビーム（※当社比）を投げかける。

直訳は早く行って来い、だ。

セルヴェスはあっという間に機嫌を直し、意気《いき》揚々《ようよう》と出掛けて行った。

……やれやれ。心の中でため息をつく。

「……随分《ずいぶん》扱《あつか》いを心得ているな」

呆《あき》れを通り越し、何処か達観した表情のクロードがぽつりと呟《つぶや》く。

マグノリアはそっと視線を逸らした。

「しょんなことありましぇんよ？」

見送りに出ていた使用人たちが持ち場へ戻り始める。

クロードは再び視線を、己のずっと下にあるマグノリアに向けた。

「身体は大丈夫か？」

「まあ……ちょっとギシギシはちましゅけど、日常生活は送れましゅ」

騎士たちにすれば準備運動の類いなのだろうが、やはり慣れない人間には厳しいようで、
今日はディーンもお勉強を中心にするとのことで朝の給仕には出ていなかった。身体が痛

いのであろう。無理もない。

「慣れぬ間は二、三日毎《ごと》に訓練をするといい」

「……しょうですね。しょの方が筋肉にもよいでしゅものね」

筋肉の回復うんぬんという聞きかじりの知識を頭の隅《すみ》から引っ張り出して、マグノリアは深く頷いた。

「体調に問題がないようなら出掛けるが。昼前に声掛けするので、無理そうならその時に言いなさい」

さらっと無表情に告げる叔父に、マグノリアは勢いよく聞き返す。

「えっ！　クロードお兄ちゃま、お出掛けに連れて行ってくりぇるのでしゅか⁉」

「うん。馬に乗るので動き易《やす》い格好にしなさい」

「はーい！」

よい子のお返事をする。眉《まゆ》をきゅっと寄せ、胡乱《うろん》気な顔でクロードが振り向いた。

（……そうですよね。アラサーだと知っていらっしゃいますもんね。すんません）

急な呼び出しによって出て行った祖父の仕事も被《こうむ》るであろう若い叔父を思い遣って、マグノリアは執務室《しつむしつ》には行かず久々に縫《ぬ》い物をすることにした。いつ来るのか解らないが、暇《ひま》がある時にいつか買い取りに来るであろう、キャンベル商会に引き渡すドレス巾着《きんちゃく》もどきを量産しておくべきだろう。ここ数日バタバタしていて、全く針を使っていなかった。

リリーも一緒に針を動かしてくれる。

「何か悪いにぇ。買い取り金貰ったりゃ、リリーにも渡ししゅね」

「いいえ、充分にお給金をいただいておりますし。今日の午後は領主ご一家がいらっしゃらないので、みんなのんびりしたものですからね。お気になさらないで下さいませ」

見た目に反して作り方は簡単なので、平民タイプと貴族タイプのノーマルバージョンをせっせと量産していく。

「布屋さんがあったりゃ、しょろしょろ買わないとだねぇ」

「もし無理そうでしたら、見物がてら休日にでも行って参りますよ」

リリーが快く頼まれてくれる。本当に有難《ありがた》い。

「あいがとう。何だったら、作ってほちい布地をキャンベル商会に持ってきてもらうとかにちた方がいいのかなぁ」

「確かにその方が楽ではありますよね。布の割引差額分は儲《もう》けが減るでしょうけど」

「うん……まあ、取り敢えずはお小遣《こづか》い程度を賄《まかな》う感じだかりゃね」

「お小遣い、セルヴェス様なら沢山《たくさん》くださりそうですけど？」

「うーん。とはいえ居候《いそうろう》の身だち。急な出費とかに備えて、へそくりは作っておくに限りゅよね」

「しっかりしてますねぇ！」

ちょっと呆れたような、感心したような声でリリーが言う。

「さぁ、そろそろ終わりにいたしましょう？　髪《かみ》を結《ゆ》いませんと」

丁寧《ていねい》に髪を梳《す》かれ、手際よくハーフアップにされる。

「頻繁《ひんぱん》に結んでたら、ハゲしょうで怖《こわ》いね……」

……肩まで伸《の》びた髪は細く頼りなげで、ぎちぎちに結んでは切れたり抜けたりしてしまいそうだ。鏡の中にいる自分の頭に向かって疑念の視線を向ける。リリーは苦笑いだ。

「大丈夫ですよ。もう少し大きくなられたら、太くなって行きますって」

「しょうかな……？」

萌黄色《もえぎいろ》のワンピースとお揃いの、余り布で作った小さいリボンをつけて完成だ。

プラムがクロードの準備が出来たと呼びに来たので、いそいそと下へ降りる。

階段の下、待っている叔父は白いシャツに濃《こ》いグレーのジレ、柔《やわ》らかな黒い上着と乗馬用のやはり黒いズボンという、かなりラフな格好で立っていた。

「お待たしぇをいたちまちた」

「いい。さあ、いくぞ」

言うや否《いな》や、セルヴェスと同じように肩に担《かつ》ぎあげると、颯爽《さっそう》と歩き出す。

玄関前《げんかんまえ》に用意された馬の鞍《くら》にマグノリアを乗せると、ひらりと後ろへ飛び乗った。

使用人達の見送りを受け、颯爽と馬が歩き出す。

「…………。横向きに乗るとかえって落ちそうだな。鞍を跨《また》げるか？」

「何とか……パンツが見えしょうでしゅが、大丈夫でしゅか？」

「…………。これを掛けておきなさい」

長い無言の後、上着を貸してくれた。

（……すまんね。幼児は足が短いのだよ）

「女の子も乗馬用の服はトラウザーズ？　みたいなのでしゅか？」

「そうだな……横乗りが多いのでドレス型の場合もあるし、女性は比較的自由だな」

（おぉう、それはいいことを聞いた！）

「お馬に乗りゅことが多けりぇば、普段《ふだん》かりゃ男性みたいな乗馬服を着ていても大丈夫でしゅかね？」

「普段から……？」

怪訝そうに繰《く》り返す。

「いや、普段はドレスを着るものだろう。却下《きゃっか》だ」

「えええ～……」

不穏《ふおん》な気配（？）を察知したらしく、速攻《そっこう》で却下された。

「……それよりも、怖くはないか？」

「いいえ、気持ちいいでしゅ！」

クロードの鹿毛の馬は、柔らかく土を蹴《け》る。

暫《しば》し流れる風と風景を楽しんで、マグノリアは叔父の方に顔を向けた。

「何処に向かっていりゅのでしゅか？」

「取り敢えずは領都が近い。そこで飯でも食おう」

（おおぅ!!　外食!!）

マグノリアのテンションが上がる。

館のお料理も文句なく美味《おい》しいが、時折食べる外食はまた格別だ。

王都からアゼンダ辺境伯領に移動する間も、何度か宿屋や食堂などで食べたのだが美味しかったり微妙だったり、それぞれに面白《おもしろ》かった。

「領都の少し手前には麦畑が多い。小さい湖が幾《いく》つかありそこから水を汲《く》み易いので、麦以外にも色々な畑がある。街の近くには森や林があり、開けた場所もあって憩《いこ》いの場になっている」

「へぇ！　そうなのでしゅね」

秋になり枯葉《かれは》を落とす樹々《きぎ》と、青々とした葉を残す針葉樹とが交じり合っている。

均《なら》して固めた道の脇《わき》には色とりどりの小さな花が咲《さ》き、時折どんぐりなど、木の実が落ちてもいた。

「あ、クロードお兄ちゃま！　りしゅ！　栗鼠《りす》でしゅ!!」

然《さ》程《ほど》広くない幅《はば》の道を、小さな栗鼠が走っている。クロードははしゃぐ姪《めい》っ子を見て、静かに笑った。

「森林が多いからあちこち走っているな。ほら、左奥《ひだりおく》の木にも栗鼠がいるぞ。木の実を食べている」

「あっ、本当だ。可愛《かわい》い!!」

「馬で走っていると、あちこちでウサギも見るぞ」

「えぇー！　ウシャギも？」

「うん。たまに庭にも来る」

「本当でしゅか!?　わあ、見たい～!!」

珍しく子どもらしい様子に、こんな顔もするのだなと感慨《かんがい》深《ぶか》く思う。

子どもなのか大人なのか、よく解《わか》らない存在。

暫《しばら》く馬で駆《か》ければ家や店が多くなる。道路も土から石畳《いしだたみ》になり、ゆっくりと心地《ここち》よく道を行く蹄《ひづめ》の音が響《ひび》いた。

街は広場を中心に道が放射状に延びており、元来た方向である森へと向かって延びていく。領都といってもこぢんまりしており、そこまで大きな街ではない。

自然が多い土地柄《とちがら》を示すかのように、広場の中央には大きな木と芝生《しばふ》を植えた休憩《きゅうけい》スペースがあり、その周りにはベンチが置かれている。

広場を見下ろす三角屋根の教会は、ロマネスク様式に似ている。中央近くには幾つかの大きな建物があり、可愛らしい外観の店もある。白や茶色の壁《かべ》に、やや傾斜《けいしゃ》のある屋根。木組みの窓辺には寄せ植えをしたポットからこぼれるかのようにカラフルな花が顔を覗《のぞ》かせていた。間を縫うように布張りの屋根の屋台や店が顔をのぞかせ、マルシェのようだ。

食べ物だけでなく、香辛料《こうしんりょう》、アクセサリーや服、花。絵画に壺《つぼ》などの少し怪しいもの。古本。異国の雑貨達。まるでおもちゃ箱をぶちまけたような煩雑《はんざつ》さとワクワク感に、マグノリアの顔は自然と笑顔《えがお》になった。

少し奥《おく》に行けば領民が住む家々や、職人の工房《こうぼう》などが区画で分かれており、やはり窓辺に様々な花が溢《あふ》れ、ヨーロッパのような鉄看板があちらこちらに見える。

（うわ～……絵本の街みたいだ！）

馬を降りクロードの肩に乗せられたマグノリアは、忙《せわ》しなく右へ左へと頭を動かす。

領民の姿は活気に満ちており、戦争の傷跡《きずあと》も見た目には感じられない。

花の香りと、屋台の様々な食べ物の香り。そして何処かで焼いているパンの匂《にお》い。

存分にキョロキョロしたところで、珍しく柔らかい表情のクロードがマグノリアを見ていることに気付く。

「食堂に入るか、屋台を幾つか廻《まわ》るか……」

「屋台！　屋台にちまちょう!!」

食い気味に答えると、クツクツと喉《のど》の奥で笑われた。

「わかったわかった。何がいいか……」

「アジェンダの名物はどんなものがあるのでしゅか？」

「アゼンダは長い間幾つもの国の影響《えいきょう》を受けているから、それらが交じり合っているな。屋台ならアスカルドでもよく食べられている肉の串焼《くしや》き。マリナーゼ帝国《ていこく》で食べられている海鮮《かいせん》焼きやフライ。モンテリオーナ聖国でよく食べられているのは、丸く伸ばして焼いた生地《きじ》に、香辛料の効いた肉や野菜を巻いたロールサンドや豆の煮込《にこ》み……」

「ふわぁぁぁ……!!」

お腹《なか》が空《す》いてきたのと、何ともいえない香りとが相まって、頬《ほお》を紅潮させながら話を聞いて震える。

（美味しそ～！　全部丸ごと、全て食べたいっっ!!）

マグノリアの考えていることはお見通しなようで、ふふふ、とクロードは珍しく声をあげて笑った。

「じゃあ買いに行こうか？」

「降りましゅ！　荷物を持ちましゅ!!」

なるべく沢山買おうというマグノリアの魂胆《こんたん》が透《す》けて丸見えなようで、今度は大きな声をあげて笑った。

「おや、クロード様！　随分別嬪《ずいぶんべっぴん》さんを連れているね」

串焼き屋のおじさんが威勢《いせい》よく挨拶をする。

「ああ、姪っ子なんだ。これから沢山食べるから、取り敢えず一種類ずつ買うか。……豚《ぶた》と牛と鳥を塩味とあまダレと、漬《つ》け込《こ》みダレで一本ずつ頼む」

「あいよ～！　可愛い子には、卵のあまダレもサービスしておくねぇ」

「あいがとうごじゃいましゅ！」

そう言うと、クロードの分と二本追加してくれたことを確認《かくにん》し、マグノリアは元気にお礼を言う。にっこにこのおじさんを見て、なるほどと納得した。

（ここは周りが思う、『可愛い幼女』を演じようではないか！）

次に海鮮の屋台へ行き、貝とイカのようなものにエビの焼いたもの。白身魚のフライとエビフライを買う。そして、ロールサンドと呼ばれる地球のラップサンドのようなものを二つに切ってもらい、チリコンカンのような豆の煮込みをカップで二つ買う。海鮮屋台ではイカのフライを、サンドイッチの店では、チリコンカンもどきにチーズのトッピングをおまけしてもらった。

領主家が慕《した》われているというのは誇張《こちょう》や忖度《そんたく》ではなく本当のようで、あちこちで気さくに声を掛けられ、クロードはそれらに柔らかく応えていた。

……元アゼンダ公国の民としては、戦争で、色々と口には出せない鬱積《うっせき》した気持ちもあっただろう。それをここまで活気ある領地にして慕われるまでになるには、セルヴェスやクロードだけでなく、今は亡《な》き曾祖母《そうそぼ》と祖母、使用人や騎士団《きしだん》みんなの努力と尽力《じんりょく》があったからこそなのだろうと思い、心の中で感服し誇《ほこ》りに思った。

木皿を蓋《ふた》のように被せ、落とし難《にく》くした皿を二つ持ったマグノリアが慎重《しんちょう》に歩く。

左手一杯《いっぱい》に残りの食材すべてを抱《かか》え、右手にはジュースとシードルを持ったクロードが広場のベンチに座る。

「……いっぱいでしゅ！」

座ったマグノリアの膝《ひざ》にハンカチを敷《し》いてくれ、食べ物の乗った木皿を持たせてくれた。

「さあ、好きなものから食べなさい。丸々食べると他を食べられないだろうから、串焼きなら一つ食べて、次のを食べるといい。お腹に隙間《すきま》があったら追加で買おう」

「はーい！」

（なんて太っ腹なんでしょう！）

マグノリアは心の中でクロードを称《たた》える。

「いっただきまーしゅ！」

「いただきます」

大きな口を開けて、まずは肉の串焼きを齧《かじ》る。

「う〜〜〜んっ！　おいちい!!」

塩味はシンプルに塩のみ、あまダレは日本の焼き鳥のたれのような甘味《あまみ》の強い味。漬け込みダレはスパイスやハーブが混じった塩味と程《ほど》よい辛味《からみ》の利《き》いた味つけで、こんがりと香《こう》ばしく焼かれている。その辛《から》さがあとを引く味つけで、飲み物と串焼きの無限ループに陥《おちい》りそうだ。

……卵のあまダレ焼きは、焼き鳥屋にあるうずらの卵のようで懐《なつ》かしい。

香ばしい味と香り、肉による歯ごたえと旨味《うまみ》の違《ちが》いに、マグノリアは舌鼓《したつづみ》を打つ。

「フライは熱いから気をつけなさい」

ロールサンドを食べながら、クロードが安定の世話焼きである。

そして高位貴族でありながら、マグノリアの食べかけを次々に平らげて行く。普段は神経質そうなのに意外に頓着《とんちゃく》しないのか、嫌《いや》そうな素振りは全くない。

（騎士《きし》だから……ある種、運動部のノリなのかな？　スポーツドリンクの回し飲みＯＫみたいな）

整った顔で肉を齧る様子に、普段はお上品が洋服を着て歩いている感じだけれど、年相応な男の子の一面もあるんだなぁと感心する。

クロードも全て温かいうちに食べられるよう、ロールサンドは後回しにして、マグノリアは海鮮焼きを、お次はサクサクのフライをと、モグモグと順番に口に入れる。

海鮮焼きの豊かな風味と魚醤《ぎょしょう》のような香り。それぞれの素材の持つ触感《しょっかん》と舌触《したざわ》りを楽しむ。フライは具と油の旨味。仄《ほの》かに香る下味の香草《こうそう》。タルタルソースの酸味とまろやかさ、もう一方はレモンのさっぱり感と二つの違いを楽しむ。

クロードも辛口《からくち》で甘味の少ないシードルを流《なが》し込みながら、朱鷺《とき》色の瞳《ひとみ》をキラキラと輝《かがや》かせたり、時に目をつぶって味わうマグノリアを楽しそうに見ていた。

（かなり食《く》いしん坊《ぼう》な娘《むすめ》だな……こんなに大口で串《くし》を齧るご令嬢《れいじょう》は初めて見た）

マナー的にどうかと言われると肯定《こうてい》は出来ないが、ネズミの齧った後みたいな小食なご令嬢よりも、一緒《いっしょ》に食事をしていて楽しいだろう。それに一応、時と場所を弁《わきま》えているだろうから、よもや侍女《じじょ》や家令の前で豪快《ごうかい》に肉や魚に齧りつくことはないだろうと思う。

「うわぁ、こりぇ、やっぱりチリコンカンみたい……！　凄《すご》く美味ちい……!!」

赤トマトと香味《こうみ》野菜に数種の豆、ひき肉と腸詰《ちょうづ》めを煮込んだ『豆の煮込み』は、クロードも好きな料理の一つだ。素朴《そぼく》で滋味《じみ》に溢れた風味はけして上品ではないものの、時折無性《むしょう》に食べたくなる。そのままでも美味《うま》いし、今日のようにチーズを溶《と》かしかけても美味い。

気に入った様子のマグノリアを見ては、連れ出してよかったと思う。数日前の泣き顔は未《いま》だ記憶《きおく》に新しく、思い出すたびにクロードの心を苛《さいな》んでいたから。

マグノリアは最後のロールサンドに手を伸ばす。

ロールサンドはタコスのようなケバブサンドのような、肉と野菜が一緒に包まれたものだ。ざくざくと切られた葉物野菜に、トマトやパプリカ、玉ねぎやセロリや香草類のみじん切り。濃くスパイシーな味付けの肉。それらにまろやかなソースが絡《から》んで、混然一体となった味付けだ。肉の弾力《だんりょく》と野菜の歯ざわり、生地のもっちり感がめちゃくちゃ合う。

モグモグと咀嚼《そしゃく》し終わると、お腹ははち切れそうだが名残惜《なごりお》しく、クロードに買って貰《もら》った酸味の強いジュースで喉を潤《うるお》す。……口のなかがサッパリとして、これも美味いとマグノリアは心のなかで唸《うな》る。

「まだ食べられそうか？」

「ううぅ……食べたいけど、お腹がパンパンでしゅ！」

「そうか。では移動して、その先で美味いものがあったらおやつにでもしよう」

再びマグノリアを抱き上げると、カップと木皿をそれぞれ片付けて馬を預けている馬場へと移動する。

「これから、スラム街の近くを通る」

「シュラム街……」

馬上の人となりながら職人街の区画を抜け、ゆっくりと路地裏へと進んで行く。

粗末《そまつ》な服を纏《まと》っては座り込む人が見られ、全体的に煤《すす》けた格好の人間が多くなる。

「……やはり、戦争で怪我をちた人や家族を失ったためにここへ辿《たど》り着いた人が多いのでしゅか？」

「そうだな……当時子どもで身寄りのない者や、戦争で大けがをし働けなくなった者たちが、路地裏に住みついたのが始まりらしい」

「他に、保護施設《しせつ》のようなものはないのでしゅか？」

「なくもないのだが、やはり合う合わないがあり、ここへ戻ってしまう者も多いようだ」

どういう政策をとったとしても、あぶれたり飛び出したりする人は居るわけで。万人《ばんにん》に行き届くというのは不可能なのだろう。

遠巻きにふたりを見る沢山の目に、マグノリアは考える。

（だからといってこのままってわけにもいかないし……良い方法ってないのかな……）

「騎士団が直に取り締《し》まっている地域なので大きな犯罪こそないが、課題のひとつだな」

クロードは思案気に言いながら頷《うなず》く。

かつて恵《めぐ》まれない子どもだった人でも、ここから抜け出して生活している人も一定数いるであろう。身体が不自由になってしまった人の方が、新しい生活を始めるのが難しい筈《はず》だ。

「……現在にょ割合……二十年前に子どもや出征《しゅつせい》していた人達《ひとたち》ということは、現在は中高年の居住者が多いのでしゅか？」

「いや、そうでもない。女性や子ども達も多い」

「シュラム街の元締《もとじ》め的な人と話ち合ったりは」

「過去にはあったが、反発的であったり平行線であったりだな」

見ている視点や視線が違うのだろう。お互《たが》い歩み寄っているようで、本当に必要なものや考え方の基準が違うから、なかなか相容《あいい》れないのだ。

「今は定期的に炊《た》き出しをしたり、各ギルドで仕事を斡旋《あっせん》したりしているな」

「なりゅほど……」

確かに急を要する飢《う》え等に対しての対策は必要だ。だけど、必要なのは自分達で自立することだ。そう言うのは簡単だが現実は厳しい。だからこそ、彼等《かれら》は路地裏で肩を寄せ合って生きているのだろう。

暫く言葉少なに馬を進ませると、再び自然の多い景色が増える。

「アゼンダでは地方地区毎《ごと》に元地方領主を代官として任命し、土地を治めてもらっている」

アゼンダは大きく六つの地域に分けられている。

領都は領主直轄《ちょっかつ》地で、やや北西寄りの中央にある。北側のモンテリオーナ聖国に接する領地、東側のアスカルド王国に接する領地。南東部の小国と接する領地に、南側のマリナーゼ帝国に接する領地。そして港を有する西側の領地だ。

「港のある西部は領都から比《ひ》較的《かくてき》近い。各地区にある要塞《ようさい》が騎士団の寄宿舎と所属先になっていて、家族がその地区にいる者以外は定期的に地区を替《か》わることになっている」

「へぇ……お給料や維持費《いじひ》みたいなもにょは、どうなっていりゅのでしゅか？」

自前の騎士団ということだが、その辺はどうなっているのか。なんだかんだで凄い人数だろう。

「各国との国境を守っているため、国から相応の補助が出ている」

「補助？」

クロードは頷く。

「仮にアゼンダ辺境伯《へんきょうはく》家が国境を守ることを止《や》めたとしても、自分達で騎士団や軍を集めて警備しなくてはならない。国境は複数の国相手だ……それなら、金を払《はら》って手慣れた者にしてもらう方が簡単に済むということだ」

なるほど。まして辺境の土地だ、転勤先としては人気がないだろう。マグノリアも頷く。

「それと辺境伯家の収入を合わせ給料を出している。寄宿舎は『寮費《りょうひ》』として各人から部屋代を毎月二小銀貨、食費は月一小銀貨を徴収《ちょうしゅう》していて、そこから修繕費《しゅうぜんひ》や食材費、雑費を出している感じだな」

大きな体の大食漢たちだ。毎月一小銀貨で食べ放題（？）なのは魅力的《みりょくてき》であろう。寮費もとても良心的な値段だ。

「しょれにちても、食材費ってしょんなんで賄えるもんなんでしゅか？」

「近くの農家や漁師達から直接仕入れたり、中には食べてくれと持って来てくれたりするので、何とかなっている」

騎士団も、地元の人に受け入れられているらしくて、何故《なぜ》かホッとする。

なお、肉は自分達で訓練がてら狩《か》ってきたりもするらしい。時代なのか世界観なのか……恐《おそ》れ入る。

「……あ……」

森の緑の香りに混じって、懐かしい海の匂いが鼻先を掠《かす》める。

マグノリアは大きく息を吸《す》い込んだ。知らない記憶に思いを馳《は》せる。

(海……懐かしいって感じるのは、前世で近くに住んでいたのかな？)

それとも、何か今は思い出せない大切な想《おも》い出があったのか。

もしくは、知っているものや同じものを直に目に出来る安心感からなのか。

「さぁ、ちょっと駆けるぞ！」

そう言うや否や、クロードは馬に軽く鞭《むち》を入れ合図する。

心得たとばかりに馬は早駆《はやが》けとなり、緩《ゆる》やかな坂道を駆け上がって行く。

(風に溶けたみたいだ)

マグノリアの郷愁《きょうしゅう》じみた気持ちを振り切るかのように、ぐんぐんと速度を上げ、樹々の緑と空の青が流れるようだ。そうして、坂道を一気に駆け上がると。

視界一面に、遠くで日の光を受けキラキラと反射する、青い海が広がっていた。

「……綺麗《きれい》でしゅね……」

ため息交じりにマグノリアが呟《つぶや》く。

「そうだな」

クロードの穏《おだ》やかな低い声が鼓膜《こまく》に届いた。

「ここを降りれば港と町がある。大きくはないせいか、領都に比べて大らかで気風がよい土地柄だ」

下るぞ、と断って今度はゆっくりと馬を進める。素朴な土の道を進めば、段々と集落が出来始め、遠くで鳴くウミネコと人々の喧騒《けんそう》が混ざりあい、潮風に乗って耳を撫《な》でて行く。

「手前には木工工房、少し先に金物工房。港の近くに造船所がある。他国の船も行き交《か》う港町なので宿屋や酒場、食事処《どころ》も多いな」

言われるままに視線を移すと、印象的な鉄看板や、作りかけの製品、熱して加工する場所なのか、扉《とびら》や窓から真っ白い煙《けむり》がもうもうと湧《わ》き出ている工房など、領都の職人街とはまた違った趣《おもむ》きがそこにあった。

「他国と貿易はちているのでしゅね？」

マグノリアの疑問に、うーん、と珍《めずら》しく考えるような素振りを見せる。

「していると言えばしているが、規模はあまり大きくない。何故《なぜ》だか解るか？」

「うーん？　法律的な制約がありゅのでしゅか？」

クロードは首を横に振る。

「いいや……アゼンダの者達は未だ他国の者が領地へ足を踏み入れることに、アスカルドの者が思うよりもずっと、恐怖心《きょうふしん》があるのだ」

「…………」

（そうか……）

表面上復興したように、乗り越《こ》えたかのように見えても、心の傷はなかなか癒《い》えないのだ。

生きて行くためにはそんなことを言っていられないと言う人もいるだろうが、逆に、そんなに簡単に何百年にもわたる虐《しいた》げられた記憶がなくなりはしないのだろう。

「観光地にちないのも同じ理由でしゅか？」

そうだ、と答えながら、クロードが続ける。

「それと、父上がこの地を、あまり変えたいと思っていないのだ」

「おじいしゃまが……」

いつの間にか港の近くに着き、マグノリアはクロードに抱えられて地面へ降ろされる。

「うん。父上は……いつか許される時代が来れば、この地をアゼンダの民に返したいと思っている。元のまま、彼等の手に」

（……なるほど）

他国の侵略《しんりゃく》から守るため、実際戦ったのだ。色々考えることも思うこともあるのだろう。もっと領地の経営に熱心になればと思っていたが、敢《あ》えて変化を避《さ》けているのだという。

馬留《うまとめ》へ愛馬を繋《つな》ぎながら、クロードが続ける。

「……それまではギルモア家が、アゼンダ辺境伯家としてこの地と領民を庇護《ひご》して行きたいと思っておられるのだ」

……心を決めちゃっている系だと、改善案を出したところでなかなか耳を貸してはくれないだろうと思う。

（だけど、変化って悪いことだけなのかな？　……そんなわけないよね）

「仮に大公家が今もアゼンダを治めていたとちて……何十年もしょのままの姿というわけではないと思うのでしゅ。きっと国民がよりよく生きるために、時代に沿った政策をとっている筈でしゅ」

「…………」

終戦時、アスカルドの一部にするつもりはなかったが、そうせざるを得なかった……護《まも》り切れず、結局一領地になってしまった。だからこそ『元のまま返す』に拘《こだわ》るのだろう。

「……無理に国交を拡《ひろ》げることも観光誘致《ゆうち》をしゅる必要も、自然を壊《こわ》す必要もないけりぇど。困っている国民が自活出来るようにしゅるのも、農業を効率よく、楽に出来るように灌漑《かんがい》工事をちたり、災害を未然に防ぐために堤防《ていぼう》を作ったりは決して悪ではなく、必要なことだと大公家の方々は判断すると思いましゅ」

クロードは黙《だま》って瞳を細め、真剣《しんけん》なマグノリアの表情をみつめた。

「クロードお兄ちゃまはどう思いましゅか？」

ぽん、と大きな手をマグノリアの頭に乗せる。

「その通りだと思うよ。マグノリアはよい統治者になりそうだな……こういう話をすると、お前が大人で、此処《ここ》とは違う社会の精神を持って生きていたのだと実感するな。でも、確かに正論だが、俺《おれ》は父上の気持ちも解らなくはない」

クロードの大きな手をぎゅっと握《にぎ》る。セルヴェスと、ジェラルドと同じ、大きくて硬《かた》い剣《けん》だこのある思ったよりも厚い手。

綺麗な顔には似合わない程に、誰《だれ》かを護るために鍛《きた》えられた手だ。

「……しょれも解りましゅ。人間解っていても、出来ないことが多々ありゅものでしゅ。でも後悔《こうかい》は先に立たないでしゅからね……ベストを尽《つ》くして後悔しゅるのか、出し惜《お》しんで後悔しゅるのか」

クロードは小さなため息と共に苦笑《くしょう》すると、再び左肩《ひだりかた》に姪っ子を担ぎ上げる。

「堅《かた》い話はこの辺で終わりだ。さ、町の様子を見よう」


港町、と言う言葉がしっくりくる町の様子だった。

青い空と海、白壁《しらかべ》の建物。眩《まぶ》しい光が似合う町。

何艘《なんそう》かの船が停泊《ていはく》出来るような船着場を中心に、半円を描《えが》くように広場が作られている。町も半円を描くように奥へ拡がっていき、そこを大小数本の道路が区画を分けるように延びていく。

広場近くには大小様々な店が軒《のき》を連ね、威勢のいい声が響いている。広場には荷物の上げ下ろしや、人が乗り込む場所を避ける様にして露店《ろてん》が立ち、お土産《みやげ》を選ぶ人や、冷やかす人、値段交渉《こうしょう》の真っ最中ととても賑《にぎ》やかだ。

「海に向かって右側は地元貴族の邸宅《ていたく》が多い。左側の奥まった所に造船所、手前は漁船や市場等がある」

キョロキョロするマグノリアの視線を確認しながら、町の解説をする。

「砂浜《すなはま》はあるのでしゅか？」

「うん。左右どちらにもある。町から少し外れたところに、浜《はま》に降りられる場所がある」

「後で行ってもよいでしゅか？」

「解った。ここは内陸部ではあまり見かけない異国の品物も多い」

クロードが露店に視線を向けると、南国のフルーツがあった。

「‼ ありぇ、バナナとキウイ、あっちはドラゴンフルーツではありましぇんか⁉ マンゴーやパパイヤもありゅ⁉」

「……マグノリアは食べたことがあるのか？」

物珍《ものめずら》しい色や形に手が伸びにくいのだろう。しかし左肩で興奮気味に話すマグノリアを見て、クロードが姪の顔とカラフルな果物を交互《こうご》に見る。

「あい。味や名前が一緒かは確認しないと解らないのでしゅが……野菜は大きく外れていないので、似たようなものだと思うのでしゅけど」

「ほう。どれか試《ため》してみるか？」

「なら、ドラゴンフルーツもどき以外がいいでしゅよ。追熟しないので、早く捥《も》いでしまうと甘味が薄《うす》いのでしゅ」

地球と同じならですがと付け加えられ、クロードは思案気に果物を見る。

「ふむ……」

なんだかんだと気になっていたのか、目についた果物をひとつずつ購入《こうにゅう》していた。

「トッテモ、オイシイヨ！」

店員がよい笑顔でサムズアップする。

肌《はだ》が小麦色で、異国の人間であると一目でわかる風貌《ふうぼう》。まだ少年なのだろう、あどけない表情でふたりを微笑《ほほえ》みながらみつめている。

「何処《どこ》かりゃ来たのでしゅか？」

「ア～、ズットミナミニアル、『イグニス』ダヨ！　トテモアツインダヨ～！」

にこにこする店員にお礼を言って果物を受け取った。


移動しながら露店を見ると、確かに異国情緒漂《じょうちょただよ》う品が多く目に入る。幾何学《きかがく》模様の布。金色に光る装飾品《そうしょくひん》。動物や模様を描いたタイル。刺激的《しげきてき》な香りがする香辛料の小さな山々。合間に地元民の海産物を売る店や食べ歩き用の屋台や、お土産屋《みやげや》などが並ぶ。

(味噌《みそ》や醤油《しょうゆ》はないのかなぁ。時折無性に食べたくなるんだよね……)

周りを真剣に見回すが、それらしいものは見当たらない。

……串焼きの味付けを考えても、どこかに似た味の調味料があると確信しているのだ。

「何か気になるものがあったか？」

「いえ……目新ちい調味料がないか、探ちていたのでしゅ」

「本当に食いしん坊だな！」

「……しょんなに果物を買い込んだクロードお兄ちゃまに言われたくないでしゅよ！」

クロードは苦笑いをし、マグノリアは口を尖《とが》らせた。


町の左側を目指し、宿や食事処を瞳に映しながら海岸を目指す。

途中《とちゅう》で造船所を外側から見て、大きく組みあがっている木造の船が見えた。かなり大きい帆船《はんせん》のようだ。中に入ってみたくもあるが、いきなりやって来た領主家の人間を出迎《でむか》えるとなると、あちらも面倒《めんどう》であろう。

大きな掛《か》け声と工具の音を聞いて、忙しなく働いているであろう姿を想像する。程なくして砂浜へ出たので、手前にある道と砂浜との段差に腰《こし》を下ろし、先程《さきほど》の果物を広げる。目についたものをひと通り買ったらしく、数種類の果物があった。

「どれがいいか……」

「地球だと、このバナナが食べやしゅいでしゅよ。きっと貴族はナイフとフォークを使うのでちょうけど、今はお皿がないでしゅからね。こう、皮を剥《む》いてぱくっと」

実際に剥いて口に運ぶ様子を見てクロードは珍しく瞳を瞬《まばた》かせていたが、確かにと状《じょう》況《きょう》を納得《なっとく》してか、同じようにして口へ運んだ。

「……甘《あま》い。ねっとりしているのだな……」

口を動かしながら、まじまじとバナナを検分する。

「そうでしゅね。味も香りも地球と同じでしゅ。栄養素も同じなら、腹持ちがいいので騎士たちの食事に取り入れてもいいかもでしゅね」

「エイヨウソ？」

マグノリアが小さくもぐもぐと齧りながら頷く。

「あい。人間が食べ物を食べるのは、食べないと死んでちまうからなんでしゅが、それは栄養を摂《と》るためなのでしゅ。食べ物から身体を作る栄養素や、調子を良くする栄養素など様々な栄養を摂取《せっしゅ》して、生きていりゅのでしゅ」

「『チキュウ』では色々なことが解っているのだな……」

ため息をついて呟くのを見て、小さく愛想笑《あいそわら》いをする。

「しょの時代しょの時代で、違いましゅよ。たまたまわたちが生きていた時代が今より未来みたいな時代だっただけで……次はこの、キウイみたいなのにちましゅか？」

皿がないので、取り敢えずクロードのナイフで半分に切ってもらう。

かなり瑞々《みずみず》しいのだろう、細かい飛沫《しぶき》が飛び、追って甘やかな芳香《ほうこう》が広がった。

二つに分けると、地球の物よりも若干透明度《じゃっかんとうめいど》の高い、だけどお馴染《なじ》みの中央辺りに黒い小さな種が輪を描いた果肉が姿を現す。……少し、知っているものと色が違うようだが。

「わっ！　青い‼」

「……こっちは赤いぞ？」

「えっ、半分で違う色⁉　どうちて？　……味は一緒にゃのかにゃ？」

マグノリアは興味深そうに、まじまじと色の違う元々はひとつだったものを見比べる。

向こうでは緑か黄色、レアな赤も時折見かけたが。そのうちに青も紫《むらさき》も誕生するのかもと思ってはいたが……まさか異世界で出会うとは想像もしていなかった。

ふと、食べようとしてスプーンがないことに気づく。

「「…………」」

一瞬《いっしゅん》顔を見合わせるが、出掛《でか》ける前にセバスチャンより渡《わた》された小さいバッグをクロードが指さす。

「それを開ける時なのではないか？」

困ったら開けるよう言われたそれ。

マグノリアがいそいそと開くと、ナイフとスプーン、フォークと手巾《しゅきん》が数枚入っていた。

「絶対、屋台や露店で買い食いしゅるのを見透《みす》かされてましゅね」

言いながら有難《ありがた》くスプーンを出し、くるりと円を描くように皮目に沿ってスプーンを滑《すべ》らせた後、小さく掬《すく》って口に入れた。

もう半分を持ったクロードも見よう見まねでスプーンを滑らせる。

「……これは甘酸《あまず》っぱいのだな。意外にみんな美味いな……」

「美味しいのが多いでしゅけど、果物によっては凄い臭《くさ》いのとかもありまちたよ。こっちにもあるんでしゅかね？」

……スネークフルーツとか、ジャックフルーツとか、ドリアンとか。

食べると美味しいというが、どうしても臭《にお》いが先に来てしまい、日本時代のマグノリアは食べられなかったのだ。


砂浜近くの売店に、パンくずが売っているので買う。

クロードの肩《かた》の上で空に向かって硬くなったパンを振《ふ》ると、ウミネコが鳴きながらゆったりと近づいて来る。くちばしでパンをつつかれ、思ったより大きい反動にマグノリアは大きな声で笑う。

「クロードお兄ちゃまもやってみてくだちゃい！　ごっ!!　ってしましゅ」

小さな手から硬いパンを渡され、高く腕《うで》を伸《の》ばす。

餌《えさ》を待つように上空を旋回《せんかい》していたウミネコが、すぐさま啄《ついば》みにやって来る。顔の近くで羽ばたくウミネコに、マグノリアが笑声《しょうせい》を上げた。

「ふふ。指も一緒に啄まれそうだな」

「くちばしがたまに当たりましゅからね。結構強いでしゅ」

名残惜しく最後のパンをウミネコに渡すと、まるで知っているかのように、再び一斉《いっせい》に沖へと飛んで行く。

「……ゲンキンなものだな」

苦笑いするクロードに砂浜に降ろしてもらい、ゆっくりと砂の上の貝殻《かいがら》を探す。

波打《なみう》ち際を歩く小さな蟹《かに》を見つけ、蟹もいるのか……と茹《ゆ》で蟹の山を連想し、ひとりほくそ笑《え》む。

（今度は蟹食べよう。イクラとか魚卵《ぎょらん》も捨てがたいなぁ……）

どのくらいの時間そうしていたのか。

段々と陽《ひ》が傾《かたむ》き、うっすらとオレンジ色に変わって行く。もうすぐ夕方だ。

「さぁ、マグノリア。そろそろ寒くなって来るから帰ろう。館まで二時間程かかる。早くしないと夕飯に間に合わなくなるぞ」

クロードに急《せ》かされ、慌《あわ》てて手のひらとワンピースの砂を払う。楽しい時間はいつでもあっという間に過ぎるのだ。

歩いていては間に合わないので、いつもの如く肩に乗せられ、水面が夕日に照らされて金色に光る海を見つめた。


町中へ戻ると、罵声《ばせい》と悲鳴が聞こえてくる。

町の中央に近づくにつれ、次第《しだい》に喧騒が大きくなる。

(何だろう、喧嘩《けんか》かな?)

警戒《けいかい》するクロードはマグノリアを肩ではなく左腕《ひだりうで》に抱え直し、野次馬《やじうま》の一人に話《はな》し掛けると、戸惑《とまど》うような声が返って来た。

「どうしたのだ?」

「何か、揉《も》めているらしいんですが……」

頷くとクロードは声を張った。凛《りん》とした、指示をし慣れた声が周辺に響く。

「誰か、詰所《つめしょ》に連絡《れんらく》を!」

近くにいた少年達が、わかったと言いながら走って行く。

クロードが警戒を強めながら野次馬の合間を縫《ぬ》って進むと、人だかりの中央で男がふたり怒鳴《どな》り合いをしていた。何度か殴《なぐ》り合ったのだろう。お互い顔が少し腫《は》れている。様子

を確認している間にも怒鳴り合いはどんどんエスカレートし、激高したひとりが懐《ふところ》からナイフを取り出して振り回し始めた。

(うわっ！　……やべぇじゃんかよ！)

ギラリと光るナイフの刃《やいば》に、反射的に、クロードの服を強くつかむ。

「クロードお兄ちゃま！」

「……いや、この人だかりにお前を置いて行くのは危険だ。もうじき騎士が来る」

あくまでふたりから目を離《はな》さずにクロードが答える。言いながらも、最悪は間に入る気だろう。マグノリアは焦《あせ》りながらも周りの露店へ素早《すばや》く目を走らせ、首を伸ばし左右に振る。幾《いく》つ目かの店で目当てのものを見つけた。

(あった！)

きちんと確認したくて、やや前のめりにその実を見る。そして確信する。

(……多分あれだ！)

「お兄ちゃま、あれ！　あれをナイフを振り回している人の顔に向かって投げてくだしゃい!!」

言うや否《いな》や、クロードが指をさされた方向に走り出す。

話を聞いていた野次馬が慌てて道を譲《ゆず》り、知らない者達も何事かと思いながらも慌てて倣《なら》う。どんどん目の前がふたつに割れて行く――この間数秒。

「これか！」

「あいっ!!」

記憶のものの半分以下の大きさだが……微妙《びみょう》に漂《ただよ》う熟れた香りから、同じものであることを祈《いの》る。

目当ての物をひっつかむと、それが、もの凄い速さでナイフ男に向かって飛んで行った。

（勿体《もったい》ないオバケさん、すみません！　人命救助の一環《いっかん》です！）

掴《つか》みかかる男と、ナイフを振りかぶる男。人だかりに響《ひび》く悲鳴。

――同時に。

ゴツッという重い音と共に、ビッチャッ！　と果肉が潰《つぶ》れ、飛び散る音がする。そして薄黄色の液体と柔《やわ》らかい果肉が、どろりと粘度《ねんど》を持ったまま暴漢ふたりに掛かった。

「痛っ！　……うっわ！　何だこれ!?　臭ぇ!!」

「うわー！　目が！　口が……!?　オ、オエェェッ!!」

（……地球の物より柔らかく、中身が瑞々しいらしい……）

その分、匂《にお》いの拡散ぶりも凄い。

マグノリアは遠い目をして騒《さわ》ぎの張本人であるふたりを見つめる。

顔にぶつかり破裂《はれつ》し……本人にも相手にも果汁《かじゅう》が掛かり、ふたりして臭いに悶《もだ》えているのだ。石畳《いしだたみ》の上にひとりはうずくまり、もう一人は転がりながら何かを呻《うめ》いている。

男たちの傍《かたわ》らに落ちているのは、いつか何処かで見たとげとげフォルムの茶色い皮――もはや殻《から》。

（……地球のはそうでもなさそうだけど……食べたことないけど）

この世界のドリアン果汁は目に沁《し》みるのだろうか。

「「「「「…………!?」」」」」

濃密《のうみつ》な香り……もとい臭いが広場一帯を這《は》うように拡がり、野次馬はザッと音がするように後ずさり、暴漢たちから距離《きょり》をとった。

「何だ、これ……」

「……え？　誰か腐《くさ》ってる喰《く》いモン投げたのか？」

野次馬がざわざわしているところに、少年に案内された騎士団の面々が足音を響かせながら走ってやって来た。これで取り敢えずは一件落着だ。あまりの臭いに騎士たちも一《いっ》瞬躊躇《しゅんちゅうちょ》しながら近づくと、悶える暴漢を縄で拘束《こうそく》し、詰所へと連行して行った。

騒《ざわ》つく野次馬の輪をすり抜《ぬ》け、果物屋の店主に謝《あやま》ってお金を払おうとすると、やはり事の成り行きを見ていたらしく固辞された。ここの店主も明るい人柄《ひとがら》のようで、笑いながらサムズアップされ片言のアスカルド語で褒《ほ》められる。

もう一度頭を下げ、替わりに館のみんなへお土産の果物（いい匂いのもの）を買い、馬留の場所へと急ぐ。ほっとしつつも、クロードが微妙そうな表情でマグノリアに向き直る。

「何だ、あれは……」

「果物でしゅ」

「……あれが、食い物なのか……？」

信じられん。クロードが心底嫌そうにぼやいた。まあ、気持ちはわからなくもない。

マグノリアは格言のように重々しく言い、頷く。

「南国のフルーツは奥《おく》が深いのでしゅ」


速脚《はやあし》で馬を進めながら、夕闇《ゆうやみ》に染まる町を駆《か》け抜け、思ったより早くに領都へ入った。

領都へ入れば、スピードを多少落としても三十分程で館に着くだろう。

やっと歩調を緩めたので口を開く。

「クロードお兄ちゃま、今日はお出かけちてくりぇて、あいがとうごじゃいまちた」

「うん。楽しかったか？」

「あい。美味《おい》しかったち、楽しかったでしゅ！」

後ろへ振り返り、弾《はじ》けるような笑顔《えがお》で答えた。

（そして、色々見せてくれてありがとうございます）

先日の執務室《しつむしつ》で、木札を眺《なが》めながら思案するかのような叔父《おじ》の姿を思い起こす。

実際に自分の目で見た方がバイアスが掛からずに判断出来るだろうと、忙《いそが》しいにもかかわらず時間を取ってわざわざ連れ出してくれたのであろう。

「また行きまちょうね！」

「うん？　……そうだな」

前にちんまりと座《すわ》る小さな姪《めい》っ子の言葉に、クロードは今日一日の顛末《てんまつ》を思い起こしては苦笑いした。

空はすっかり暗闇《くらやみ》へと変わり、幾つもの星が瞬《またた》いている。

次も退屈《たいくつ》はしないのだろうなと思いながら、彼はクツクツと喉《のど》の奥で笑った。

次の日の朝、姪っ子からのプレゼントの小さな貝殻がひとつ、執務室の机の上に置かれていた。

第五話　異世界生活改善・改革活動（略して異世改活）

今。顔を見合わせたまま、セバスチャンとマグノリアが厳しい表情で対峙《たいじ》している。

つい先日辺境伯領にやって来たマグノリアが規格外過ぎて、一般的《いっぱんてき》常識人であるセバスチャンは非常に心配と警戒をしているのだ。……どう規格外なのかは、今は置いておく。

先ほどもお伺《うかが》いと称《しょう》しては、辺境伯家の墓参りと、教会に行きたいと言い出した。

（…………なぜ急に？）

セバスチャンは表面上涼《すず》やかな顔をしつつ警戒を強めた。勿論《もちろん》祖先を敬うことも信仰《しんこう》を持つことも悪いことではない。しかし、何か常人には理解しがたい事々が控《ひか》えているような気がして素直《すなお》に諾《だく》とも言い難《にく》い。主人たちが一様に信心深くないというのもあるだろう。

長年ギルモア家で家令を務める者の、危機回避《かいひ》センサー的なものが警戒を告げている。

——セルヴェスがいない今、マグノリアに何かあれば大変なことになってしまう。

昨日もクロードと遠乗りに出掛けていたが……どうも何かやらかして来たらしい。服は砂でジャリジャリだし、どうしたのか問いかけるも、ふたりはすいっと瞳を逸《そ》らすばかり。

「領主家の役目を果たちたいだけでしゅのに……」

「セルヴェス様がお帰りになってから、ご一緒《いっしょ》に行かれては如何《いかが》でしょうか？　きっとお喜びになられますよ」

「…………」

（勝った……！）

多少の罪悪感はあるが。非常に胡乱《うろん》な瞳《ひとみ》でセバスチャンを見ているが。勝った!!

……しかし。廊下《ろうか》を往来する、使用人たちの視線が非常に痛い。

家令ということで殆《ほとん》どの者が何も言わずにはいるが、連れて行って差し上げればよいのにと言わんばかりの視線を投げて来ているように感じるのは気のせいか。

リネンを運びながら見られ、掃除《そうじ》をしながら見られ。花を活《い》けながら見られ。

つい先ほど遊ぶためにお迎《むか》えに来たディーンは、少し離れた場所で何やらうずうずとしている。お嬢様《じょうさま》はそんなお付きの少年の様子に、話してみなさいと促《うなが》した。

「俺……いえ、もし何でしたら、私の家の者と一緒に行かれては如何でしょうかっ！」

（（（（（言った!!）））））

大人の忖度《そんたく》を知らない少年が、爆弾《ばくだん》を投げてきた。

家令は顔色も表情も変えずに、だが内心では眉《まゆ》を盛大《せいだい》に顰《しか》めた。お嬢様はというとちょっと驚《おどろ》いた顔をしながらも、しめしめと思っているに違《ちが》いなかった。

下手したら……この場にディーンを置いておくこと自体がマグノリアの作戦かもしれないと家令は思う。可愛《かわい》らしいのは見目と口調だけで、非常に頭も口も回るのだ。

いや。ディーンはこう見えて意外に聡《さと》い。本来家令に逆らわず、せいぜい抗議《こうぎ》の視線を投げる程度にしておく方がよいのは六歳《さい》ながら充分《じゅうぶん》に理解している。普段《ふだん》はちゃんと空気の読める六歳児なのである。

しかし、彼は今や絶対的なお嬢様の味方なのだった。色々と配慮《はいりょ》をしてくれて恩義も感じてるし、親切だし、何よりとても可愛い。領都一の美人と言われていて、クロードに何かと引っついては困らせている某伯爵家《ぼうはくしゃくけ》のご令嬢《れいじょう》よりもずっと綺麗だ。

と、いうかマグノリアより美人な人というのをディーンは未《いま》だ見たことがない。

（とにかく。多少不興を買おうが、何が何でもマグノリアの味方をしなくては！）

そう彼は意気込《いきご》んでいた。何より、本当に危険ならばディーンとて賛成はしないが、教会へ行くだけである。本来は何も危ない事などないのだ。……………多分？

「心配なら、騎士団《きしだん》の人に護衛していただけないか、聞いてみます！」

「…………」

「…………」

「聞いてみますっ!!」

聞こえていないのかと、ちょっと首を捻《ひね》りながら、さっきよりも大きい声で言う。

（……聞こえているよ、ディーン・パルモア……）

さあ、どうする？

こちらは絶体絶命のピンチ。あちらは絶好のチャンス到来《とうらい》。


「……お嬢様。礼拝に行くだけですよね……？」

護衛騎士《きし》に選抜《せんばつ》された若い青年が、おずおずと口を開く。

セバスチャンも行くべきか迷っていたようだが、あいにくと外せない来客があったのと、プラムも行こうとしていたが持病の腰痛《ようつう》が出てしまい動けなくなっていた。

四人乗りの馬車の中はマグノリア、リリー、ディーン、そして護衛騎士だ。

ふたりに凄《すご》い目力で託《たく》された護衛騎士は、早くも胃の辺りを押《おさ》えている。

「あい。出来たりゃ裁縫《さいほう》をする布を買いに行きたいのと、ちょっとだけ後学のために炊き出ちの様子が見たいのと、領地のことが知りたいので、帰りにちょっとだけ農村地帯が見たいだけなのでしゅけど……」

お得意の穢《けが》れなき眼《まなこ》（※当社比）と、侍《じ》女《じょ》と従僕《じゅうぼく》の訴《うった》えるような圧に護衛騎士は屈《くつ》した。

布を買うのによもや危険はないであろう。…………多分？

炊《た》き出しは教会と騎士団で協力して行っているものだ。こちらも危険はない上に、寧《むし》ろ護衛騎士のホームグラウンドだ。農村部は至って平和である。気をつけるとするならば、せいぜい虫に刺《さ》されないようにか、肥溜《こえだ》めに落ちないように気を付けるくらいであろう。

「本当に本当に、それだけですよね？」

「本当でしゅ」

念を押《お》す護衛騎士に、マグノリアは愛らしい顔でにっこりと笑う。

……ちょっとだけと念を押す時は、大抵《たいてい》ちょっとだけにはならないものなのだが。

「またまた～。本当は何か考えがおありなんですよね？」

悪戯《いたずら》っぽい表情で合いの手を入れるリリーの言葉に、護衛騎士は死にそうな顔をした。


昨日見たばかりの三角屋根の教会の近くに、ゆっくりと馬車が停止する。

沢山《たくさん》の人が礼拝に来ており、正面の玄関前《げんかんまえ》は広場の近くまで人でごった返していた。おめかしをした富豪《ふごう》のご婦人らしい群れ。紳士《しんし》会のメンバーらしい、貴族男性と従者の団体。質素な服装の親子連れ。走り回る子供たち。真《ま》っ直《す》ぐに扉の中へと入る人々……

ディーンが教会に近づくにつれ、窓の外を忙《せわ》しなく覗いては、何かを確認している。

そして暫《しばら》くすると、神妙《しんみよう》な面持《おもも》ちでマグノリアとリリーに向き直った。

「……多分大丈夫《だいじようぶ》だと思うけど、もしかすると変なご令嬢が絡《から》んで来るかもしれません」

「「変なご令嬢？」」

護衛騎士はややあって微妙な顔をし、リリーとマグノリアはハモりつつ顔を見合わせた。

馬車を降りると。

「あら、あなた誰なの？　クロード様は⁉」

目の前には、黄色いフリフリのドレスを着たつり目のご令嬢が、仁王《におう》立ちで立っていた。

（変なご令嬢って、もしかしなくてもコイツ（この方）か……）

リリーとマグノリアは、突然《とつぜん》現れた喧嘩《けんか》腰《ごし》のご令嬢に、遠い目をした。

ご令嬢は、ジロジロとリリーを見て、次にマグノリアを一瞥《いちべつ》すると、ふん、と鼻息荒《あら》く
そっぽを向いた。それを受け、いきり立つリリーを止めるよう、小さな手をそっと伸ばす。

「使用人ごときが主家の馬車に乗って来るなんて、どんな了見《りようけん》かしら⁉　本当に図々《ずうずう》しい
わねぇ。クロード様がお可哀想《かわいそう》だわ～！」

騎士にはああ言ったもののマグノリアには目的があり、わざわざ質素な実家謹製の服を
着ているのだ。よってご令嬢の目には使用人の子どもにでも見えているのであろう。

……帯剣《たいけん》をしている護衛騎士が同乗している時点で、気の廻《まわ》る人間なら領主家に関わり

のある人間がいるのかもと思うところであろうが……こちらの非礼をあげつらう割に、そこは何とも思わないようだ。

「……クロードしゃまのお知り合いでしゅか？」

マグノリアが見上げながら尋《たず》ねると、まあ！　と大きな声をあげた。

「使用人の癖《くせ》に、勝手に口をきくなんて！　いいこと？　目上の人間が許可をし・て・か・ら・話すものなのよ⁉　……まあ、子どもだから仕方ない許してあげるけど。そのくらい、ちゃんと心得なさいよね‼」

手に持った扇《おうぎ》を、マグノリアの目の前で言葉に合わせて振り回す。

マグノリアの後ろで、ディーンと護衛騎士が高速で首を横に振る。

（逆、逆！　目の前のその人、アスカルド王国の未婚《みこん》女性で一番身分が高い人！！！！）

「それに私、知り合いではなくクロード様の婚約者《こんやくしゃ》ですから！」

勝ち誇《ほこ》ったように、つーん！　と横を向く。

（えええええ‼　婚約者ーーーーっ⁉）

反応を見ようと敢えてマグノリアが『お兄様』ではなく『クロード様』呼びをすれば、
本当に使用人判定したらしい。

（この人、何やらめっちゃ、おったまげー！　なことを言い出しやがりましたよ）

リリーが護衛騎士に視線で確認すると、超高速《ちょうこうそく》で首を横に振っていた。

そうでしょうとも、そうでしょうとも。

幾ら政略結婚《けっこん》とはいえ、彼《かれ》は選《よ》り取り見取《みど》りで選べるご身分なのだ。こんな摩訶不思議《まかふしぎ》な対応をするご令嬢とは婚約《こんやく》しないでしょうとも。危《あや》う過ぎて辺境伯《へんきょうはく》家を任せられない。

そんなギャンブルな相手を好んで選択《せんたく》するのは、ジェラルドぐらいのものである。

王都でジェラルドがくしゃみをしそうなことを考えていると、ご令嬢はつーん！　としたまま去って行った。

「……何でしょうね、あれ」

あまりにもな対応に怒《いか》りそびれたリリーがマグノリアに聞く。マグノリアも首を傾《かし》げる。

「さあ？　お兄ちゃまの婚約者みたいでしゅね？」

「違いますよ！　モブーノ伯爵令嬢《はくしゃくれいじょう》です。クロード様のファンで、クロード様がいらっしゃりそうな場所の至る所に湧《わ》いて出るんです……！」

ディーンが慌てて言い募《つの》ると、護衛騎士はうんうんと頷《うなず》いては口を開く。

「家柄《いえがら》的に、一度婚約者《こんやくしゃ》候補に挙がったらしくて。結局流れたのですが、それ以来ああやって言いふらしては絡んで来て、大変なのです……」

ソフトなストーカーという奴《やつ》だろうか。どうも厄介《やっかい》な奴にロックオンされているようだ。

「イケメンも行き過ぎると大変なのですねぇ」

「それなぁ」

リリーがしみじみと言うので、思わずマグノリアも前世のノリで返してしまった。

思わぬ闖入者《ちんにゅうしゃ》に遭遇《そうぐう》したが、その後は何事もなく教会の中に入ることが出来た。

その内部は、マグノリアも映像で見たことがあるキリスト教会の様な雰囲気《ふんいき》だ。

領都の教会だからか、意外に広い空間。

『正教』と言われるこの世界の宗教。土着の神々を信仰する国もあるが、大陸では各国々に所縁《しょえん》の深い神――アスカルド王国であれば花の女神《めがみ》と、それらの神々を束ねる全能の大神を祀《まつ》った『正教』を信仰している国が殆どだ。

正面に祭壇《さいだん》、高い天井《てんじょう》。木で出来た長椅子《ながいす》。壁《かべ》が白いからか、意外に教会内は明るい。

窓を彩《いろど》るステンドグラスには、主神である『全能の大神様』を始め、『花の女神』『海の女神』『秩序《ちつじょ》の女神』『智慧《ちえ》の女神』『信の女神』『愛の女神』が描かれている。

色付きのガラスが柔い光を通す。幻想的《げんそうてき》な薄虹色《うすにじいろ》に浮《う》かび上がる神々の描かれた窓を眺めながら中央辺りの席へと座る。

しばらくすると、ふわふわの白いお鬚《ひげ》の司祭が教壇《きょうだん》に立ち説法を始めた。

こっそりと周りを見回すと、祈りの様に手を組んで話を聞く人、目をつぶる人、司祭を見る人たち……信仰に対して特に熱心なわけではなく、極々一般的《ごくごくいっぱんてき》な日本人だった記憶《きおく》しか持たないマグノリアは、自分がここに居ることが不思議で仕方がなかった。

およそ三十分程《ほど》で礼拝が終わり、周りは帰り支度《じたく》を始める。

遠慮《えんりょ》がちに騒めく人いきれの中、リリーとディーンに小さく話し掛けた。

「ちょっとだけ司祭様とお話がちたいの。少ちだけ待ってくれりゅ？」

「わかりました」

ふたりが頷くのを確認して、マグノリアはゆっくりと席を立つ。

前に並んでいる人たちが話し終わるのを待って、そっと声をかける。

「初めまちて。お疲《つか》れのところを申ちわけありまちぇんが、少ちだけお話がちたいのでしゅが……よろちいでしょうか？」

小さな女の子に呼び止められ、司祭は微笑み、膝《ひざ》をつく。

「はい。大丈夫ですよ。何か質問ですかな？」

司祭は日頃《ひごろ》、病気の家族のために祈って欲《ほ》しいなど、色々な要望を受ける。

……身なりはそれ程でもないが、それは敢《あ》えてなのだろう。年齢《ねんれい》には似合わない言葉遣《ことばづか》いに、よく躾《しつ》けられた家の娘《むすめ》だろうと確信するが……司祭は注意深く幼女を見遣《みや》った。

「わたくち、マグノリア・ギルモアと申ちます」

幼女が名乗り、礼を取る。

司祭は一瞬目を瞠《みは》り、何かを確認するかのようにゆっくり頷くと礼を返してくれる。

「司祭をしております、シャロンと申します……元帥殿《げんすいどの》のお孫様ですかな？」

悪魔《あくま》将軍と呼ばれているセルヴェスだが、軍部での現役職は元帥《げんすい》である。司祭は貴族籍なのか、きちんとセルヴェスの立場を把握《はあく》しているとみえた。

「あい。色々ありまちて祖父のもとに身を寄せておりまちゅ。早速確認《さっそくかくにん》でしゅが、もちも奉仕《ほうし》活動に参加ちたい場合、いちゅ頃《ごろ》までにご連絡を差ち上げればよろちいでしゅか？」

シャロンは優《やさ》しく微笑む。

「いつでも差し支《つか》え御座《ござ》いません。いらしたい時にいらしてくださいませ。もし……何かご用意が必要な場合などは、三日程前にご連絡頂けましたらご対応可能かと思います」

マグノリアは司祭の目の動きや頬《ほお》の動き、手足の揺《ゆ》れなどをそれとなく確認する。無意識の身体の動きはその時々の心理状態に左右され易《やす》く、なかなかコントロールが難しい。

また、聖職者は良くも悪くも振り幅《はば》が大きい。――まあ前世の場合だが。

閉ざされた世界や権力の集中する場所は、とかく腐敗《ふはい》しやすいのだ。

変な人に関わると保護者に迷惑《めいわく》が掛かるので、注意が必要だが。

見て取る範囲《はんい》では下心などは見受けられないし、おかしな感じもしない。後は、周りにリサーチして関わっても大丈夫か確認するしかないであろう。

「承知いたちました、あいがとうごじゃいましゅ。家の者と相談ちて、いつかお伺いちたいと思いまちゅ……お忙ちい中、貴重なお時間を頂きまちてあいがとうごじゃいまちた」

「はい。お待ちしております」

礼を述べ暇《いとま》を告げる。ふたりのもとに戻り、扉《とびら》を出る際に振り向く。司祭は退室するまで見送るのだろう。目が合うと丁寧《ていねい》に、正式な礼を取った。

ふと後ろに控える大神の像と、四方を護《まも》る様に囲む女神のステンドグラスが目に入る。不思議で幻想的な雰囲気に、なぜか心が騒めいた。マグノリアは視線を戻し、今一度頭を下げる司祭を見た。


「……後は炊き出しの様子でしたね？　炊き出しは騎士や教会の人達《ひとたち》、奉仕活動をされる方々で作り、並んだ人々に振舞《ふるま》います」

一度馬車に乗り込み、教会の裏手側に移動をする。

「それなりの人数が並ぶので、メインストリートの往来や礼拝で出入りする人々の邪魔《じゃま》にならないよう、勝手口近くで行います」

荷物や食事の運搬《うんぱん》も簡単ですしね、と護衛騎士は付け加えた。炊き出しの列から少し離れた所に馬車を停《と》めてもらうと、マグノリアは暫《しば》し人の列を観察する。スラム街の人間が大半なのか、先日見たような煤《すす》けた服装の人間が多い。

騎士と、教会の下働きや若い修道士がパンとスープを配っている。配られたものを手に持ち歩く人を見ればほのかに湯気が立ち上っており、それが温かいことが察せられた。

おもむろに視線を落とすと、マグノリアは靴墨《くつずみ》で顔を汚《よご》し、髪《かみ》の毛に手を入れかき回し、ボサボサにする。

「ちょ、お嬢様⁉」

固まる三人を尻目《しりめ》に、マグノリアはノブに手を掛けると、ぴょんと今ほど停まった馬車から飛び降りた。

「ちょっと試ちて来る」

「だ、駄目《だめ》ですよぉ‼」

止めても止まるわけはなく……ちてちてと小走りで列へ走って行く。

あぁぁ……！　断末魔《だんまつま》に似た小さなうめき声が馬車の中にこだまする。

「～～～殺される（セルヴェス様に）っ‼」

護衛騎士は半泣きで叫《さけ》びながら後を追って飛び出した。

列に並ぶと、小走りに、しかし微妙な距離を空けて護衛騎士が横にやって来る。

駄目だと言ったところで、帰らないだろうことは理解しているらしい。知らないふりしてるけど警護はしてますよな感じを装《よそお》っているようだ。

意外に列は早く進む。毎週しているというから、手慣れているのだろう。

目の前で愛想《あいそ》よくスープをよそう係の護衛騎士は、給仕台《きゅうじ》の向こう側からちょこんと顔を覗かせたマグノリアを見て、思わずぎょっとした。

「お、おじょ……!!」

「(しーっ!)」

マグノリアは無言で指を唇《くちびる》にあてて合図をする。騎士はおずおずと頷きつつ、マグノリアとその横の方に居るどんよりした顔の同僚《どうりょう》を交互《こうご》に見て、察したような微妙な顔をする。

「ちょっとでいいでしゅ」

「……はい……」

深い木皿に半分より少ない程度のスープを入れると、ゆっくりと手渡《てわた》してくれる。

「お熱いかもしれないので、気を付けて下さい」

「あいがとうごじゃいましゅ」

マグノリアは騎士ににっこりと微笑《ほほえ》み、修道士から木匙《きさじ》を受け取る。流れるように横にずれ、また別の騎士に堅《かた》パンを貰《もら》い、やはりぎょっとされるを繰《く》り返す。隣《となり》にいる修道士達はみな不思議そうな顔をして、騎士とマグノリアを見比べていた。

列から少し離れ、マグノリアはそっとスープを口に入れた。

（味は予想通り薄《うす》いな……キャベツに人参《にんじん》、蕪《かぶ》、玉ねぎ、キノコ……後、何かの豆？　ポテト芋《いも》も入ってる？）

浮いている細かく切られた野菜を検分し、口へ運ぶ。多分肉は入らないのだろう。

不味《まず》くはないが、旨《うま》いとも言い難い。

（もう少し味が濃《こ》ければいいのかな……？）

しかし秋も深まった今の季節、温かいものは御馳走《ごちそう》だ。口に運びながら、圧倒的《あっとうてき》にスープのコクが足りないと思う。堅パンも、保存性を高めるためかカッチカチだ。スープにつけてふやかして食べるのだそうだ。基本、寄付と領主家の財源から出ているのであろうから、定期的にとなればそう贅沢《ぜいたく》も言っていられないのだろうが。

（やっぱり、自立が一番だよねぇ……）

足を引きずるおじさん、瘦《や》せたお婆《ばあ》さん。薄汚《うすよご》れた子ども……

列に並ぶ人々を見て、マグノリアは思案する。

力仕事が少なく、女性や子どもにも出来て、場所も融通《ゆうずう》が利《き》き易い。

初期投資を少なくするには、道具も少なく原材料が安価なもの……

（難題だな……遣《や》りたいもの・遣らせたいものではなくて、出来るもの……）

難しい顔をしてスープを口に運ぶマグノリアを横目で見ながら、炊き出しの騎士たちは、やはり不味かったかとハラハラとしていた。

「お嬢様、急に出られると危のうございますよっ！」

護衛騎士が、鬼気迫《ききせま》る表情と頼《たの》み込むような様子で泣きついてくる。ありゃりゃりゃ。

「……ごめんなちゃい。食べりゅ人たちがどう感じりゅか、実際に試ちてみたくて……」

（言ったら反対されるからね……スミマセン。もうしないです……多分）

持参していた濡《ぬ》れ手巾《しゅきん》で顔を拭《ふ》き、手櫛《てぐし》で髪を整える。

計画的犯行だろうってツッコミを入れたそうな三人の視線を感じる。

「本当に、危ないですよ？」

リリーが困ったように念を押すと、マグノリアは頷く。

「あい。気をちゅけましゅ」

「…………」

ディーンが微妙な顔でマグノリアを見ているが……多分、しない、とは言わないんだなとでも思っているのだろう。

……そうである。出来ないことは言わない。心がけはするけど嘘《うそ》はいけないのだ。

馬車はそんな四人を乗せて裏路地を抜け、程なくして洋品店の前で停まった。

「沢山は購入《こうにゅう》しないですから、布問屋ではなく洋品店にいたしましょう」

リリーに促され頷く。護衛騎士がいそいそと先に降り、ゆっくりと馬車から下ろされる。そしてぴったりと後ろにつかれた。……一気に信用をなくしたらしい。

洋品店は、こぢんまりした印象の可愛らしいお店だ。リボンとドレスがデザインされた鉄看板がいかにもそれらしかった。中には服や小物がディスプレイされ、見やすく展示されている。華美《かび》過ぎない実用的なそれら。きっと平民が多く利用するお店なのだろう。

出入口の近くに切れ端《はし》がまとめて籠《かご》に入れられており、さっと目を走らせる。

「いらっしゃいませ」

柔らかい雰囲気の中年女性が声をかけてくれる。

「こんにちは。こちらはお幾らでしゅか？」

切れ端を手に取り確認すると、にこやかに答えが返ってくる。

「小さい纏《まと》まりが二中銅貨で、大きいのが三中銅貨だよ」

リリーに目配せをし、よさそうな柄《がら》を選んでもらう。その間マグノリアは、店員女性に自分の縫ったハンカチを五枚ほど出して見せる。

「こちらでは買い取りはちていましゅか？」

「ええ……。まあ、綺麗《きれい》な布ね。刺繍《ししゅう》も綺麗だこと……これ、お嬢《じょう》ちゃんが？」

頷くと酷《ひど》く感心され、細かい縫い目《め》までじっくりと検分される。

「そうね。五枚で五中銅貨でいかが？」

「あい。お願いちましゅ」

素直に頷いて商談を成立させる。リリーの選んでくれた切れ端を購入し、お金を払《はら》ったその時。

突然、頭の中に解決策の断片《だんぺん》が弾けるように浮かんだ。

「……あの！　この切れ端よりも小しゃい布って、お店ではどうちゃれていましゅか？」

マグノリアの勢いに一瞬《いっしゅん》目を見開いて、女性は不思議そうに首を傾げた。

「そうねぇ。ちょっと大きいのは穴が開いた時の継《つ》ぎ接《は》ぎにしたり。本当に小さいのは焚《た》き付けに使ったりかしら？」

「それ……必要じゃない分で構いましぇんので、定期的に売っていただけましゅか？」

女性は困ったようにマグノリアに確認をする。

「うちは構わないけど……お母さんやお父さんに怒《おこ》られない？」

「あい。お幾らで譲っていただけましゅか？」

マグノリアが聞いても色よい返事はもらえず、親御《おやご》さんにちゃんと聞いてからねと言い含《ふく》められ、おまけということで、話に出ていた小さい布をタダで幾らか譲ってくれた。

手の中のカラフルな切れ端を見て考えを巡《めぐ》らせ、湧き上がるそれらを並《なら》び替《か》え、熟慮し、何度もシミュレーションをする。

（……反応は悪くなかったけど、子どもだからか話になんないな）

焚き付けに使うくらいだ。ある種ゴミのようなものだから、頼まれた・押し付けたと、万一子どもの親とトラブルになったらと考えると躊躇《ちゅうちょ》するのだろう。

その心配はもっともだろうと思う。大人の配慮だ。

（でも、多分これ使える！　……元手もそんなにかからず、力も要《い》らない）

アゼンダは特に大きな産業を持たない土地だ。

食べる分だけ狩《か》りをし、漁業もするが、技術が発達していないので現時点では遠くへ運ぶような産業としては成り立たない。

運ぶにしても干し肉や塩漬《しおづ》け肉、魚は干物《ひもの》にするくらいだろう。殆どが地産地消。

陶器類《とうきるい》の焼き物は窯元《かまもと》が幾つかあるが、やはり然《さ》程盛《ほどさか》んではない。テコ入れするにしても、マグノリアには焼き物の知識がない。酒造も同じで、ワインだけでなくシードルやエール、蒸留酒と複数作られているようだが、これも売りにするような規模でも出来栄《できば》えでもないようだ。前世のマグノリアは結構イケる口だったけれど、流石《さすが》に自分で作れない上、改良方法を知るわけでもない。

国内で他にはないものとしては造船技術があるが、他国とそこまでの関係を強化しようと考えていない現在、事業として大きくして行く感じではないだろう。少なくともそれは今ではない。技術を活かして他の物を作ることは出来るだろうけど、具体的に普通《ふつう》の大工仕事や金属加工の仕事と、造船に関するそれらの違いがマグノリアには解《わか》らないから、せっかくの技術を上手《うま》く活かす方法が思いつかない。

ひらめいたものは既存《きぞん》しないもので、今あるものと利益相反しない。……若干《じゃっかん》の重なりはあるだろうけど、購入目的が違うだろう。よい意味で田舎臭《いなかくさ》い、牧歌的なアゼンダに似合う感じでもある。本格的な技術は知らないが、基本的なことならマグノリアにも解る。

幾つかの洋品店と布問屋、工房《こうぼう》を回ってみたが、皆《みな》同じような反応だった。

飛びついてくれたら楽ではあるが、そうでないのは人間性がきちんとしているという証《しょう》拠《こ》でもある。……撤退《てったい》させるためか厄介払《やっかいばら》いか、何処《どこ》でも小さなハギレの小山を渡《わた》してくれる。買うと言っても面倒《めんどう》なのか早く追い返したいのか、お金はいいと言われてしまった。

マグノリアは取り敢えず解決策を捻り出したことに満足しながら、殆ど元手を使わずに手に入れた宝の山を手持ちの大きな布で包むと、ムフフフ……と変な笑い顔をして、ディーンと護衛騎士を怖《こわ》がらせた。


移動中、ふと外に瞳を向ける。

……食品を売っている露店《ろてん》を見て、余ったものはどうするのかと考える。中世の在り様がSDGsのお手本になっているとも言われているが、どうしたって冷蔵技術や保存技術が発達していないであろう世界だ。

（売り切る分しか仕入れない？　叩《たた》き売り？　あげる？　廃棄《はいき》？）

上手く循環《じゅんかん》するシステムを作れればよいのだが。飽食《ほうしょく》とは程遠《ほどとお》い世界なのだ。廃棄なんて勿体ないことはせず、より上手く使いきれないものだろうか。

長考に入ったらしい小さな主《あるじ》を見て、リリーはハギレの山を見つめた。

どうやら、また何かを思いついたらしい。このところ色々と考えている様子が見られたが、その解決策なのか。

子どもらしく、もう少しゆったり遊ぶとかは考えないのかと思わなくもないが。ジェラルドにしても、アゼンダの保護者ふたりにしても、いつも何かと忙しくしている。

（お血筋《ちすじ》なのかしらねぇ……）

少し呆《あき》れつつも、何をするのか楽しみでもある。

さてさて、何やら布――それもハギレが大量に必要らしい。

取引相手の大人たちはつれない様子だった。交渉《こうしょう》はなかなか困難なのだろう。自分がお願いしてみるかと提案したが、取り敢えずは大丈夫だと断られた。交渉すると同時に、何かを見極《みきわ》めてもいる様子だ。

（っていうか、マグノリア様ってば、本当に四歳なんですかね……？）

リリーは、誰《だれ》もが至極《しごく》当然に持ちそうな疑問を心の中で問う。向かいの席には、慣れない護衛対象者に振《ふ》り回されてどんよりとした表情の騎士が座っている。

……可哀想に、と思う。タフな環境《かんきょう》で生き延びてきた主人に付き添《そ》うには、自身もタフでなければならないのだ。

（……後で胃薬をあげよう）

そっと、ドンマイです！　と心の中で若い護衛騎士へエールを送るリリーであった。

＊＊＊＊＊

基幹産業である農業だが、だからと言って特段肥沃《ひよく》な土地というわけでもないらしいアゼンダ。

馬車で走ると小麦畑を多く目にするが、ライ麦や大麦、蕎麦《そば》なども栽培《さいばい》されているそうだ。資料を見た限りでは野菜は玉ねぎ、かぼちゃ、キャベツ、ポテト芋、カブ、ニンニク、人参、瓜類《うりるい》、ビーツ、パプリカ、茄子《なす》、豆類などが多く、それ以外にも細々と思《おも》い浮かぶ範囲の色々なものが作られている。

果物はサクランボやリンゴ、ザクロに葡萄《ぶどう》やベリー類、梨が多く、オレンジやレモンなどの柑橘類《かんきつるい》も南側の地域で作られているとのこと。

——寒冷地とまでは行かないものの、若干北寄りのラインナップに感じる。更《さら》に派生的に酪農《らくのう》や養蜂《ようほう》（小規模）、自然に自生しているきのこ等もプラスされる。

（日本と似たような気候って思えばよいのかなぁ？　海が近いから地中海性気候？　……その割に柑橘類が少ないか……ヨーロッパの農業って麦と酪農のイメージか、地中海近辺のオレンジとオリーブか。そして北欧《ほくおう》のベリーを沢山収穫《たくさんしゅうかく》するイメージしかないぞ）

己《おのれ》の貧困《ひんこん》なイメージにため息をつく。かといってここは地球でもヨーロッパでもないのだから、知ったところで参考程度にしかならないのだが。

ましてや農作業なんて学校のイベント以外したことがないのだ。

（トマト……赤トマトだっけ？　それがあるってことは、とうもろこしとかサツマイモとかもあるのかな？）

地球ではどれも別の地域からヨーロッパへと持ち込まれた作物だったはず。じゃが芋こともポテト芋も同じだ。マグノリアは以前ギルモア家で眺めていた植物図鑑《ずかん》を思い浮かべるが、数が膨大《ぼうだい》で思い出しきれない。

仮にあったとして、こちらは自生していたものなのか、もしくはもっと古い時代に持ち込まれて根付いたものなのか。食用とされているかいないのか。

館の方角に馬車を進めながら、段々と緑が深くなる道を眺める。針葉樹が多い道らしく、肌寒《はださむ》さを感じるというのに葉は青々としていた。

領主の館は領都の中心地から離《はな》れた端の方にあり、途中《とちゅう》には農地、更に進んだなら周囲は小さな湖や小川、雑木林に囲まれたその先にある。そんな、なかなか自然豊かな場所に建っているのだ。

領都の中心地から馬車でしばらく走れば、農地が見えてくる。

周辺を馬車で走ってもらいながら、作られているものを馬車の窓から確認する。

秋も深まっており、暖かい時期より実りも少なくなっているだろう。露地栽培《ろじさいばい》が主な筈だ。寒冷地用の野菜や、低温を好む野菜があるとはいえ、相対的には暖かい時期の方が実りは多いだろう。

麦以外にネギの葉の様なものや、何種類かの葉物野菜が。そして保存してあるのか、枯《か》れた葉の下に根野菜らしきものが見える畑もある。

（これからはここで四季折々の季節を見て、過ごすことになるのだろうか）

ちょっと感傷的な気分になりながらも、走っている距離《きょり》が長くなる程に、朱鷺《とき》色の瞳には空《あ》いた土地が予想よりも多く目に留《と》まった。……連作障害を解消するために畑を休ませているのか。それとも遊休農地なのか。

（空いてるなら有効活用したいよなぁ。農作物を買い取って経済を回すのも勿論なんだけど、何かに活用出来ないか……）

それこそ、港の露店でアゼンダでも作れる作物の種を買い取り、試験的に作るのもありだろう。せっかく開墾《かいこん》してあるのだから農作地として使いたいが、どうしても難しいなら道の駅みたいな直売所を作るとか、農作物を使った工房を作ってもよいと思う。

「……農地の問題点とか、困ったこととか、何か聞いたことありゅ？」

ディーンとリリーは顔を見合わせていたが、護衛騎士が遠慮がちに手を挙げる。

「旬《しゅん》の時期は沢山出来過ぎると買い叩かれるから、食べきれない分は捨てると聞きました。後は、大量に売る時、値段を誤魔化《ごまか》されることが多いそうです」

「……文字や計算が出来ないかりゃ？」

護衛騎士は頷くと悔《くや》しそうに教えてくれた。

「そうです。農村部に限らず、読み書きや計算が出来ない者は多いですから……仕方ないと言えば仕方ないのでしょうが、悪質だとやっぱり許せないです」

「しょうだね……」

教育は大事だ。しかしそこへのテコ入れより先にすべき事がある。考える事は山積みだ。

焦《あせ》らない。やれる所から。確実に潰《つぶ》して行け。結局それが一番近道だ。

（せっかくここで過ごすなら、出来得る範囲、可能な限りで改善したい）

いつでも出来るように必要なものは準備しておけ。誰かに言われたのか、自分が誰かに言ったのか。かつての大人が、逸《はや》るマグノリアを諫《いさ》める。

そうだ。未来や目標に向けて、かつて日本で盛《さか》んであった事前の働きかけのように心がけて行けばいい。

——健康のために腸を綺麗にする腸活。より良い未来を求めての就活に婚活《こんかつ》……そんな様々な働きかけを『○○活動』と言った。——略して『○活』。

（さしずめ、異世界生活改善・改革活動……『異世改活』だね）

そんな考えに意気込みつつ、セバスチャンに叱《しか》られないように程々《ほどほど》の時間で切り上げる。

農民の人達にも話を聞いてみたいけど、いきなり知らない子どもが話《はな》し掛《か》けたところで聞けることも限られているだろう。

（家に帰って計画を練るか。試作品も作らんとイカンし）

目の前に座《すわ》る護衛騎士が、やっと帰ると聞いてホッとしたような顔をしているのが面白《おもしろ》い。じっとしていない護衛対象者に振り回され、だいぶ気を揉《も》ませたのだなとマグノリアは苦笑いしながら思った。

心なしか、ディーンも安心したような顔をしているのは納得《なっとく》が行かないが……

館が見えてくると、一緒《いっしょ》に人影《ひとかげ》があることも見て取れた。

大きい影《かげ》と小さい影。多分、クロードとセバスチャンだろう。

「どうしたんでしょうか……？　セバスチャン様だけならともかく、クロード様も？」

「何かあったんでしょうか？」

騎士が不思議そうに首を捻る。リリーは不安そうに誰にともなく呟《つぶや》く。すると一気に馬車の中が重い空気で満たされる。

たった五分ほどの距離が、とても長く感じられた。

「ただいま戻《もど》りまちた」

護衛騎士に馬車から降ろしてもらい、出迎《でむか》えに出ていたクロードとセバスチャンに挨拶《あいさつ》すると、ふたりは緊張《きんちょう》感を漂《ただよ》わせてマグノリアの姿を確認していた。

「お嬢様《じょうさま》、お身体は何ともございませんか?」

「あい。元気でしゅ?」

硬《かた》い表情のセバスチャンが、答えを聞いて幾分《いくぶん》表情を緩《ゆる》めた。クロードの表情は変わらず硬いままだ。

「……どうかちたのでしゅか?」

マグノリアは声を低めて確認すると、クロードが慎重《しんちょう》に口を開いた。

「クルース……昨日行った港町で、原因不明の病が出た。多分、航海病だと思う」

マグノリア以外の三人が、引きつったように身体を強張《こわば》らせた。マグノリアは聞いたことがない病名に眉《まゆ》を顰《しか》める。

「コウカイ病……?」

「ああ。航海中など、たまに発症《はっしょう》する病気だ。陸に居て罹《かか》ることは殆《ほとん》どない。外国で罹患《りかん》するものなのか、別に原因があるのか、正確にははっきりしていない。多分伝染《うつ》る病気ではないと思うが、念のためマグノリアと俺《おれ》、今日マグノリアと一緒に行動した三人、そしてセバスチャンを一日隔離《かくり》しようと思う」

「…………」

マグノリアは中世の有名な病気を頭の中で掘《ほ》り起こす。黒死病、チフス、赤痢《せきり》、コレラ、結核《けっかく》、天然痘《てんねんとう》……みんな怖い感染症《かんせんしょう》だ。

特に黒死病はペストとも言い、大流行して沢山の命を奪《うば》ったはずだ。

しかし今、クロードは多分伝染る病気ではないと言った。

「……解りまちた。取り敢えず、執務室《しつむしつ》に参りまちょう」

クロードとセバスチャンは黙《だま》って頷くと、踵《きびす》を返した。四人は黙ったまま後ろへ続く。

執務室に着くと、クロードは執務机《しつむづくえ》に、セバスチャンはお茶を給仕し、四人はそれぞれソファに着席する。マグノリアが視線で促《うなが》すと、クロードが口を開いた。

「詳《くわ》ちく教えていただけましゅか？」

「数日前に停泊《ていはく》している他国の船で、航海病と思われる者が複数出たと報告があった。船員は多国籍《たこくせき》で、数名に症状《しょうじょう》が見られるらしい」

マグノリアは首を捻《ひね》る。

「……どうちて今頃《いまごろ》の報告なのでしゅか？」

「まず、船が他国のものだというのがひとつ。重大な事由について報告を上げる決まりはあるものの、騒《さわ》ぎを大きくはしたくない者が多い。やはりそこは摩擦《まさつ》が少なくなるように慎重になりがちだ。……今回、他国の者達は念のため上陸はせず、万一にも病を広めないよう船の中で療養《りょうよう》しているそうだ。アゼンダ出身の者は実家で療養中で、数日しても他の者に伝染る様子がないので、家の者が外に出て判明したらしいのがひとつ」

（本来すぐに知らせるのが筋だとは思うが……）

微妙《びみょう》な表情のマグノリアをよそに、セバスチャンが続ける。

「海外特有の病気であるか判別がつかないため、伝染るかどうか解るまでその家の者は自主的に隔離をしていたそうです。先程《さきほど》西部駐屯《ちゅうとん》の騎士団《きしだん》より早馬が参りました。他に発症する者がいないので、病状から航海病だと判断したようです。ですがはっきりと確定することは難しいのです。念のため、お部屋から出られない方が良いかと」

ツッコミ所が満載《まんさい》だが、取り敢えずそれは置いておくとする。

……やはり、医学もそこまでは進歩していない世界なのだろう。病気が何であるか、検査をして解るというレベルにまで発達はしていないことが見てとれる。

「解りまちた。死者は出ていないのでしゅか？」

「今回は出ていない」

「……病気に、伝染る・伝染りゃないの概念《がいねん》はありゅのでしゅね？」

クロードは訝《いぶか》し気《げ》に頷く。他の者は黙って話の流れを見ているようだ。

ディーンに至っては恐怖《きょうふ》なのだろう。可哀想《かわいそう》に。顔色がすこぶる悪いが、無理もない。

「確実とは言えにゃいけど、取り敢えずは伝染らない『コウカイ病』という病気だと察せりゃれる症状がありゅのでしゅね？」

マグノリアの質問に、クロードはどう伝えればこの世界の医学の現状が解り易いのか、考えながら説明する。

「何と言うか……病気は症状以外はあまり目に見えない。よって、原因がはっきり解っているものは少ない。ただ、過去に同じような症状だった者がおり、違《ちが》う病気とも比べた上で、今回は航海病だと判断したのだと思う」

「解りまちた」

マグノリアがこの世界の疫病《えきびょう》を調べた時に、意外に大きな感染症の流行がないことに驚《おどろ》いたのを思い出す。――なんちゃって中世・近世風だからなのか。現代の地球には遠く及《およ》ばないものの、意外に汚物《おぶつ》の処理が最低限なされており、中世や近世のヨーロッパでよく言われている悪臭《あくしゅう》などが、異世界であるここではそれ程でもないのだ。

過去の地球の感染症の多くは、衛生観念に難があって広まったものも多い。汚水《おすい》や汚物がある程度管理されているからか、地球の中世に比べて感染症が少なく済んでいるのだろうと考えている。

「まじゅ、病気には『細菌《さいきん》』や『ウィルス』と言うものが原因で発症するものと、身体の機能や組織が破壊《はかい》しゃれ発症しゅるものがありましゅ。伝染るものには大抵《たいてい》、細菌やウィルスが関係あるのでしゅが、保菌者《ほきんしゃ》になったとしても、発症するまでの潜伏《せんぷく》期間は原因菌《げんいんきん》によってまちまちでしゅ……無意味に数日隔離したところで、効果は薄いと思いましゅ」

「タウンハウスでも言っていた『ばい菌《きん》』だな」

クロード以外の四人は、あっけに取られたようにマグノリアを見ている。セバスチャン辺りには聞かせない方がよさそうだが、事態は急を要する。今は配慮《はいりょ》より解決が先だ。

コウカイ病……多分、『航海病《こうかいびょう》』なのだろう。

ここはクリアされていないのか……と、元の世界との相違《そうい》にため息をつきたくなる。

名前から言って、多分長期航海による栄養欠乏症《けつぼうしょう》のことなのだろうと推測する。

地球で広く知られたものが三つ。脚気《かっけ》・ペラグラ・壊血病《かいけつびょう》だ。

「しょの、『コウカイ病』の詳《くわ》しい症状を教えてもらえましゅか?」

「程度は様々だが皮膚《ひふ》に出血が見られるのが大半だ。衰弱《すいじゃく》し、歯が抜《ぬ》け落ちたり、古傷が開く者もいる。悪臭がしたり、稀《まれ》に気鬱《きうつ》になることもあるらしい」

マグノリアは確信する。地球とここの相違が解らないから確実ではないが、多分この五か月ちょいの様子から、大差はないのだろうと思う。

「解りまちた。しょれは多分伝染りゃないので隔離の必要はありましぇん。それは『壊血《かいけつ》病《びょう》』でしゅ」

第六話　壊血病と航海病

「カイケツ病……？」

聞いたことがない病名に、クロードとセバスチャンは首を傾《かし》げる。

クロードは元居た世界の知識なのだろうと当たりをつけて静かに聞く態勢に入るが、事情を知らされていないセバスチャンが、些《いささ》か懐疑的《かいぎてき》にマグノリアを見ているのは仕方ないであろう。

幼女が稀代《きたい》の天才である叔父《おじ》も知らない病気を語るのは、どう考えてもおかしすぎる。

取り敢えずは伝染らないと聞き、ディーンの顔色が少しマシになったのは幸いだ。

「あい。他の国でそう呼ばれている病気でしゅ。長期の偏《かたよ》った食生活で、ある栄養素が不足ちて、身体の組織が破壊されてちまっているのでしゅ」

壊血病はビタミンCの欠乏《けつぼう》で起こる病気だ。

地球では大航海時代に猛威《もうい》を振るった病気で、数百万人もの船乗りが命を落としたと言われている。ここでは検査が出来ないので確定出来ないが、聞いた症状から十中八九、壊血病で間違《まちが》いはないであろうと思う。勿論《もちろん》他の病気も併発《へいはつ》している可能性もあるが……

（薬……せめてサプリメントがあればいいのに）

食品の栄養成分が確実に判別出来るものが欲《ほ》しいが、無理だろう。地球に似た食品を摂《せっ》取《しゅ》してもらうしか方法がない。色々と本気で悔《く》やまれる。

（……食事だけでどれ程《ほど》の回復が見込《みこ》めるものなんだろう。期間はどれ程かかるのか）

「しょの『航海病』は、ここでの治療法《ちりょうほう》は確立ちていりゅのでしょうか？」

「いや……原因が解らないので、対症療法《たいしょうりょうほう》しかない」

「でちたら、病状を確認《かくにん》ち、治療の助言とお手伝いをちて参りましゅ」

部屋にいた全員が、びっくりした顔でマグノリアを見る。

セバスチャンは気遣《きづか》わし気に、しかしはっきりと言う。

「……承服致《いた》しかねます。確実ではないのですから、安全のためにもお部屋にお留《とど》まりいただきたいかと」

セバスチャンは正しい。特にクロードは次期辺境伯《へんきょうはく》だ。身の安全は責務でもあるだろう。

また、安易に判断せず慎重に行動し、周囲への拡散防止も重要だ。

（――本来なら状況《じょうきょう》が解らない状態でホイホイ動くのはＮＧだ。一歩間違えばパンデミックが起こりうる。でも、これは伝染らない。そして私は収める方法を知っている――）

「……では、皆しゃまは隔離しゃれてくだちゃい。わたくちはクルースへ参りましゅ」

「危険でございます」

「…………。助けりゃれるかもちれない命なのでしゅよ？」

「御身《おんみ》が第一でございます」

長年ギルモア家に仕えてきた家令の矜持《きょうじ》なのだろう。引く気が一歩もない。

揺《ゆ》るぎない青い瞳《ひとみ》を見て、マグノリアは頷《うなず》く。しかし、マグノリアとて引くつもりは微《み》塵《じん》もない。

「セバスチャンは家令とちて正ちいでしゅ。では、辺境伯家……いえ、ギルモア家の責務とは？」

「領地と領民を導くことでございます。それには御身を大切にし、家を繁栄《はんえい》させる必要がございます」

「……しょれは一般的《いっぱんてき》な貴族の責務でしゅ。ギルモアとは『護る者』のことを、そう呼ぶのでしゅよ？」

歴史書の受け売りだけどね。そうマグノリアは心の中で呟く。

マグノリアの言葉を聞き、セバスチャンとクロードは軽く目を瞠《みは》る。

――ジェラルドが十六歳《さい》で初出陣《しゅつじん》すると宣言した時と、全く同じ言葉だったから。

当時家令だったセバスチャンの父が、出陣を止めるために言葉を尽《つ》くしたが、ジェラルドは頑《がん》として聞かなかった。セバスチャンはかつての父と同じ言葉を、その娘《むすめ》に紡《つむ》ぐ。

「……ここから指示を出すことも出来ましょう」

「しょれでは、急を要する時に確実に動けましぇん。状況が不確実では、指示がきちんと機能ちないで却《かえ》って危険に晒ちましゅ。状況の確認と適切な指示出しが必要でしゅ」

己に返すマグノリアの言葉に、かつてのジェラルドの言葉が重なる。

――『それでは、急を要する時にすぐさま動けないよ。状況が不確実では、指示がきちんと機能せず、却って危険に晒《さら》してしまうだろう。一度、正しい確認と適切な指示がいる』

「しかし、御身が危険です。貴方《あなた》は領主家の者なのですから、自らの責務のためにも御身を大切にしなければなりません」

「命が懸《か》かっている時に、しょんな悠長《ゆうちょう》なことを言ってられましぇん。……領主家にはクロードお兄ちゃまがいましゅ。本家にはお父しゃまもブライアンお兄ちゃまもいましゅ」

――『命が懸かっている時に、そんな悠長なことは言ってられないよ。……跡継《あとつ》ぎならクロードもいる』

「今、それを出来りゅ者がする。確実に護《まも》る。そうじゃないのでしゅか？」

――『今それを為《な》せる者、出来うる者が行う。確実に護る。そうじゃないのか？』

（ああ、全くもってお嬢様も同じだ）

セバスチャンは当時は執事《しつじ》として見送った、未《いま》だ少年だったジェラルドの、まだか細かった背中を思い出す。あの時、セバスチャンの父は最後まで若い主人を諫めたが、最後に何かを納得すると、黙って送り出し、粛々《しゅくしゅく》と後方支援《しえん》とサポートに徹《てっ》したのだった。

見事勝利で初陣《ういじん》を飾《かざ》ったジェラルドに、口汚《くちぎたな》くもまぐれだという者もいたが、セバスチャンの父には初めから勝利が解っているかのように見えた。

解っていながら、何故《なぜ》諫《いさ》めたのかと聞いた。

――『臣下は時に言い難《にく》いことでも、たとえ罰《ばっ》せられたとしても主人に進言しなくてはならない。正しいことを言っていたとしてもただの正義感だけで行動するのならば、その時はよくてもいつかは破綻《はたん》してしまうからだ。しかし悪戯《いたずら》に選択《せんたく》したわけではなく、きちんと裏付けがあり、本当に必要であるのならば、どんなに困難でも最後まで付き従うものだ』――そう父は言っていたが。

果たして、目の前の幼過ぎるお嬢様の言葉に諾《だく》と返してよいものか。セバスチャンは迷っていた。常人離れしたお嬢様にとっては、多分きちんとした考えや知識に基づいた発言なのだろう。決して軽々しく発しているのではないことは解る。……解るが。

しかし。幼子に命を背負わせて、認めてしまって良いものか？

（ジェラルド様は十六歳だった……マグノリア様はまだ、たった四歳だぞ？）

……そんな小さな子どもに任せてしまうなんて、正気の沙汰《さた》ではないであろう。

ジェラルドの時ほどの危険はないとは言え、セバスチャンの葛藤《かっとう》が部屋にいる全員に伝わった。リリーは落ち着いた声で発言の許しを得る。

「私がマグノリア様にお付き添い致します」

「リリー……間違いはないと思うけど、万が一がありゅのよ。よく考えて」

驚き、言い含めるような小さな主に、リリーは力強く微笑む。

「マグノリア様は、発言に責任を持たれるお方です。私は信じます。そして、私はマグノリア様付きの侍女《じじょ》でございます。今付《つ》き添わずしていつ付き添うと言うのですか！」

「お、俺も……俺も、一緒に行きます！　俺はマグノリア様の従僕《じゅうぼく》です‼」

覚悟《かくご》を決めたような顔でディーンが声を張る。

青と墨色《すみいろ》の混じった瞳は、縋《すが》るようにマグノリアとセバスチャンを捉《とら》えていた。

「ディーン……貴方に関ちては、うんとは言えない。わたちは大丈夫《だいじょうぶ》という確信がありゅけど、その証明は今ある技術では出来にゃいの。だから、もちもまかり間違って何かあった時に、貴方とご両親に対ちて責任が取れないかもちれない。未成年の貴方の処遇《しょぐう》の決定権は、貴方のご両親にありゅのよ」

「…………」

ディーンは一瞬《いっしゅん》困ったような怒ったような顔をしたが、再び挑《いど》むようにマグノリアを見た。マグノリアは、静かに首を横に振る。しかし、ディーンは引かなかった。

「では、どうすれば連れて行ってもらえますか」

「……ここに残っても、何の問題もにゃいの。子どもは残りゅのが普通だよ？」

「どうすれば連れて行ってもらえますか！」

「……ならば、自分でご両親を説得ちて了承《りょうしょう》を得てくだちゃい。そうちたら、連れて行きまちゅ。時間はあまりありまちぇん」

「解りました……御前《ごぜん》、失礼致します」

ディーンは臣下として礼を取ると、クロードにも挨拶して部屋を出て行った。これから家族に説明に行くのであろう。

クロードはクロードで慎重に目の前の状況を熟慮していた。今まで同じような病状の者が出たことは何度もあったが、幸いにも陸上にいる者に感染《かんせん》した事例はない。非常に似た症例《しょうれい》の未知の病気でない限りは、今回も病気が拡《ひろ》がることはないであろうと思う。

セバスチャンは隔離を提案していたが、本当に慣例的に、念のために行なうものだ。そうでなければ外で待つことはせず、病気を拡散させないために既《すで》に部屋に閉じこもっている。

……マグノリアの様子から、きっと彼女《かのじょ》が元居た世界でも似たような病気があり、その治療法を知っているのだろう。……ただ元の世界とこの世界の差違《さい》が解らず、若干躊躇《じゃっかんちゅうちょ》していることが見て取れる。また身の上の不思議な話を大っぴらにするわけにもいかないので、三人だけの秘密にしてある。何も知らされていないセバスチャンが訝しがるのは当然で、詳しく話すことが出来ずに対処しあぐねているのだ。

（しかし、彼女は博識だな……知識の裾野《すその》が広い。それでも深い専門知識がないと嘆《なげ》いていたが……一体『チキュウ』や『ニホン』とはどういう所なのか……）

命が助かる可能性が大きく、伝染の危険がないのなら迷わずにダメ元でも行動すべきだ。が。そこでどうしても引っ掛かるのは彼女の幼さだ。彼女の言うことを信じるとして……幾《いく》ら中身は大人だといえ、見た目は子どもというよりも幼児だ。大人のように周りに対応を求め、動かすのは難しいだろう。

（彼女自身が一番歯痒《はがゆ》いのだろうがな……）

「……俺が一緒に……」

「なりません」

クロードが言いかけたところで、セバスチャンが不敬を承知で言葉を遮《さえぎ》る。

「跡継ぎの身の安全は確保されるべきです」

そんな場合かと言いたいが、マグノリアの過去を知らない人間ならば、無謀《むぼう》な賭《か》けにしか思えないのだろう。今迄《いままで》の常識通り。それが当たり前の対応なのだ。

ため息を呑《の》み込《こ》む。

「だが、マグノリアはまだ小さい。指示はともかく交渉や対応に大人が必要だろう」

それも、不確かなことを進めるのならばある程度の権力が必要だ。

「大丈夫でしゅ。その代わり領主の書と言うのでしょうか？　一任するという代行権限を示すような書類を一筆書いて下ちゃいましぇ」

「……解った。他には？」

「クルースにいりゅ騎士団に、病気に対応しゅる者が向かうことを早馬で知りゃせてくだちゃいまちぇ。手足になって動いてもりゃうことになりましゅ」

クロードは頷いてさらさらと書きつけ、息を殺して座っている護衛騎士《きし》に向かって差し出した。

「君。悪いがこれを持って大至急、西部駐屯部隊に馬を走らせてくれ」

「…………はい。承知いたしました……」

哀《あわ》れな護衛騎士は、否定の言葉を呑み込むと、すぐさま扉《とびら》を開けて出て行った。

（……ごめんね、護衛騎士さん……）

マグノリアは心の中で両手を合わせる。きっと今日は、彼《かれ》の厄日《やくび》に違いない。

「お兄ちゃま」

「どうした？」

「航海病は、命を落としゅこともある病気なのでしゅよね？」

「そうだな……だいぶ酷《ひど》くなればという但《ただ》し書きがつくが」

マグノリアは左右に何度か瞳を動かし、忙《せわ》しなく頭の中で考えを巡らせていた。

「……外国で……露店を出ちていた国や、マリナーゼ帝国《ていこく》のような海洋国家でも、治療法や予防法は解っていないのでしゅか？」

「聞いたことはないな……多分、あるなら彼等《かれら》の方が知りたい情報だろうな」

マグノリアは何度か小さく頷くと、クロードの瞳をみつめた。

「……解りまちた。では、お手数でしゅが、キャベツとパプリカの種か苗《なえ》を領都近くの遊休農地に植えるための予算を組んでくだちゃいまちぇんか。後はガラス瓶《びん》と陶器《とうき》の蓋《ふた》つき瓶を揃えりゃれるだけと、少ない場合はそれを作る予算。塩、唐辛子《とうがらし》の購入《こうにゅう》。出来たらキャラウェイシード、ローリエも」

「……一体何をする気だ？」

「教会の調理場の使用許可と立ち入り許可、シュラム街の人を雇《やと》う人件費の計上もしておいてくだちゃいましぇ。人数は多ければ多いほどよいでしゅ」

「待て。本当に何をするんだ！」

クロードは頭が痛そうに眉間《みけん》に渓谷《けいこく》を作りストップをかける。マグノリアは不敵に笑う。

「おじいしゃまに『プレゼン』でしゅよ。問題を一気に、全て片をつけましゅよ？」

大事業になると付け加えられて、クロードはため息をつく。

(何故《なぜ》、そう大事になるんだ……)

小言と文句と質問が口をついて出そうではあるが、今は押《お》し問答《もんどう》をするよりも話を詰《つ》めた方が良いと、クロードは自分に言い聞かせる。

「……言いたいことは山程あるが、取り敢《あ》えずは了解《りょうかい》した。予算については試算表を作っておこう。これを」

クロードは膝《ひざ》をつき、マグノリアの前にしゃがみ込む。己の首からペンダントを外すと、マグノリアの首につける。

「……こりぇは？」

「領主代行の御印《ごいん》だ。何かを強引《ごういん》に動かさなくてはならない時はこれを出しなさい。お前が父上と同じ権限を持つことを示す印になる。勿論悪戯《もちろんいたずら》に使ってはならない……意味は解《わか》るな？」

マグノリアは静かに息を飲んで、銀色に光るそれをまじまじとみつめる。剣《けん》と盾《たて》と羽が彫《ほ》られたギルモア家の紋章《もんしょう》。暫《しばら》くして静かに囁《ささや》くように了解の意を告げた。

「……解りまちた。お借りちましゅ」


一方のパルモア家では、館から戻ってきた末息子《すえむすこ》がクルースに行くと言い出し、両親と祖母はその説得をしている真っ最中であった。

クルースの港町で船員が航海病を発症したらしく、今朝方館に早馬があった。運悪く昨日クロードとマグノリアがクルースに出掛《でか》けたため、万が一に備え昨日から本日にかけて接触《せっしょく》が多かった者を一日隔離したいと使いが来たのは、つい二時間ほど前のことであった。

それが一転、何がどうなってクルースへ行くなどと言い出したものなのかと、両親と祖母は眉を顰めたが、ディーンは必死に執務室での出来事を語って聞かせたのだった。

「……そりゃ、お嬢様が正しいよ。お前はここに残るべきだ」

「第一、ディーンが行って何が出来ると言うの？　逆にお邪魔《じゃま》になるんじゃないの？」

父と母は戸惑《とまど》いと心配をごちゃ混ぜにした顔で言う。しかし末息子は頑として聞かなかった。随分《ずいぶん》とこの数日で変わったものだと思う。

三人の息子《むすこ》のうちふたりが騎士を目指しており、一人くらいは内向きの仕事がよいだろうと大人たちは常々思っていた。末息子のディーンは上の子達《たち》に比べて気が利《き》くところがあり、性格的にも穏《おだ》やかで控《ひか》えめである。我《わ》が子ながら見目もよいので、騎士よりも従僕に向いているのではないかと考えたのだ。

しかし、やはりアゼンダに暮らす男の子。兄ふたりと同じように本人は騎士になりたがっていた。悪魔《あくま》将軍の治める領地だ。男の子であれば誰だって騎士に憧《あこが》れるであろう。

そんなところへ、ちょうどタイミングがよいと言っては失礼になってしまうが、王都からお嬢様がやっていらしたのだ。ある意味、無理矢理《むりやり》に就職先として道筋を付けたが、親に言われ、嫌々《いやいや》熟《こな》していることが丸わかりの様子であった。しかし。態度も勉強もどこか御座《おざ》なりであったはずが、ここ数日の変化には目を瞠るものがある。

黙って聞いていたプラムが、重々しく口を開く。

「手伝うって言うけど、何を手伝うんだい？　どんな風に？　口ではどうとでも言えるけど、実際に動けるとは限らないじゃないか」

頭ごなしに強く言われると、ディーンはいつも黙ってしまったり泣いてしまったりする。まだ小さいので上手《うま》く気持ちを説明することも出来なければ、心も柔《やわ》らかく傷を負いやすいから仕方ないとも言える。ところが、今日のディーンはしっかりとプラムに向き直り、落ち着いた口調で説明をしたのだった。

「正直、出来ることは少ないと思う。でも、言われたことはきちんと熟すつもりです。どんな小さい仕事でも、何でも。それすらないのならせめて、マグノリアの心が軽くなるように力づけたい」

いつになく真剣《しんけん》な瞳だった。ああ、幼いながらに仕える人を決めたのだと、その場にいた大人達は思った。

止めるべきだろう。しかし、臣下としては？

友人というのは烏滸《おこ》がましいが、心を許し始めた人間としては？　幼い主《あるじ》の役に立つのであろうか？　そして、ディーン本人の気づきへの一歩になるのだろうか？

「……マグノリア『様』だ」

父親が渋《しぶ》い顔で咎《とが》めた。母親は未だ困ったような顔をしている。心配なのだ。既に王都の学院に通うふたりの息子に比べると、当たり前といえ末息子はとても小さく見えた。

プラムは頑として聞かない孫に、厳しい侍女頭の声で言う。

「……ではそこまで言うのであれば、きちんとお勤めしてきなさい。従僕のディーン・パルモアとして」

「はい！」

ディーンは大きな声で返事をし、三人に深々と頭を下げた。

＊＊＊＊＊

リリーはずっしりとした革袋《かわぶくろ》をクロードから渡《わた》され、未だかつて持ったことがない程の大金に戦々恐々《せんせんきょうきょう》と慄《おのの》いた。軍資金らしい。先程から不自然に隠《かく》しポケットの辺りに手をやっては、青い顔でガクブルしている。

マグノリアとクロード、そしてセバスチャンも、ガイの不在を嘆いた。居てくれたら、さぞかし使い勝手がよく、嬉々《きき》として仕事をしてくれたであろうと思う。セルヴェスとクロードは、マグノリアの麗《うるわ》しすぎる見目と信じられない行動力から、危なっかしいお嬢様にお目付け役兼《けん》護衛として彼を付けるつもりでの、今回の引継《ひきつ》ぎであるが……まさか、こんなに早く必要になるとは思ってもみなかった。

（近隣国《きんりんこく》との関係よりも、こっちの方がとんでもない事になりそうだ……早々に引き上げ

させてくっつけておかないと、全くもって安心出来ないな）

クロードは眉間と唇《くちびる》にきゅっと力を込めた。セルヴェスが帰ってきたら、すぐさまガイを戻す算段を取った方がよいであろう。

セバスチャンはセバスチャンで、まさか、主人達が連れてきた小さな幼女がこんなにも破天荒《はてんこう》なお嬢様だとは思わなかった。幼児としても貴族のご令嬢《れいじょう》としても規格外過ぎて、常識人のセバスチャンには全然理解不能である。

（こういう方には彼奴《あいつ》がよかろう。早く帰ってこないものか……）

まだ何かをやらかすつもりのお嬢様に付き合っていては、己《おのれ》の心臓が持ちそうもないと考えていた。片眼鏡《かためがね》を外し、丁寧《ていねい》に布で拭《ふ》いては波立った心を落ち着かせる。

マグノリアとリリーは少ない荷物を馬車に詰め込んでいた。もうじき終わるというところでディーン一家がやってきて、マグノリアに礼を取った。

彼等の顔を見て、ディーンが説得に成功したことを悟《さと》った。……危険はないと思うが、幼子を背負《しょ》い込む責任に胃が縮こまる思いがする。かと言って、せっかくやる気になり始めたところなのだ。頑張《がんば》る幼児のやる気を削《そ》ぎたくも、へし折りたくもない。

マグノリアは複雑な表情をして、ディーンの両親とプラムを見て頭を下げた。

「心配をお掛けしゅる事になり、しゅみましぇん。ご子息は必じゅ無事にお返ちいたちましゅので……ご心配をちないでといったところで無理かと思いましゅが、数日ご子息をお借りいたちましゅ」

ディーンの両親は、息子の二歳下であるお嬢様がありえない程にしっかりしていることに度肝《どぎも》を抜かれ、黙って首を横に振《ふ》っていた。

「……お嬢様。使用人に頭を下げてはなりません」

プラムは更《さら》に続ける。

「ディーンはお嬢様の従僕です。いざとなればこの子を盾にしていただかなくてはなりません。私共のことはお気になさらず、ご自分のなさる事をなさって下さいませ。ディーンがお役に立つのでしたら幸いでございます」

「あい。あいがとう……」

マグノリアは困った顔で笑い、頷いた。

（盾って……こんなちっこい六歳の子どもをそんな、出来ませんよ！）

とほほほ……。プラムの忠臣の鏡のような言葉に、しんなり・ぐにゃんと萎《しお》れる。

そして同じように、泣きそうな顔の護衛騎士が馬車の前に立っていた。クルースに早馬を走らせ帰ってきたと思ったら、マグノリアの護衛で再びクルースへ行くことになったのだ。

「……お兄ちゃま、帰って来たばかりで可哀想でしゅから、他の騎士しゃんに代えて差ちあげた方がよいのではないでしゅか？」

マグノリアが気遣って進言すると、クロードはいつもの仏頂面《ぶっちょうづら》で騎士に問う。

「……無理そうか？」

「イエ、ダイジョウブデス……」

（仏頂面はデフォルトだから、思い切ってNOと言えばよいのに……）

騎士は泣きそうな顔でそう答えた。圧力を感じたのだろう。クロード本人にそのつもりはないのだが……難儀《なんぎ》なことである。

そうして心配そうな面々に見送られ、四人を乗せた馬車は、再びクルースへ向けて走り出す。館の前の影は、馬車が消えてもなお暫く動くことはなかった。


「騎士しゃん、これ。特別手当だから取っておいて」

馬車の中、マグノリアはクロードから預かった皮袋《かわぶくろ》から大銀貨を一枚手渡《てわた》す。

護衛騎士はびっくりして目を剥《む》き、慌《あわ》てて両手を音がするのではという勢いで振る。

「こ、こんなのいただけませんよ……っ!!」

「大丈夫。おじいしゃまが万一、お手当忘りぇりゅと申ちわけないから、前払《まえばら》いで」

「私からは胃薬を！」

お嬢様からは大銀貨を、リリーには薬を差し出され、騎士は複雑そうな顔をしていた。

四人を乗せた馬車は軽快に車輪の音を響《ひび》かせている。馬車の窓から畑を、何かを探すように見続けている小さな主を見て、リリーは不思議そうに尋《たず》ねた。

「マグノリア様、何か気になるのですか？」

「うん……パプリカがないかにゃって」

地球では温室栽培《さいばい》もあれば輸入品もあり、更には冷凍《れいとう》技術も発達していたので、大概《たいがい》のものがいつだって手に入るのが普通《ふつう》だったのだ。パプリカはピーマンの仲間だから暖かい時期の野菜だったと思うが。今は秋。

日本ではビタミンCの多いものを『レモン○個分』で表すことが多いが、意外にレモンよりもビタミンCが多い食品は多数あったりするわけで。そのひとつがパプリカだ。

パプリカはここでも手に入り易《やす》い野菜なので都合がいい。

果物にしても、ビタミンCと言えば柑橘類《かんきつるい》を連想しがちだが（勿論、柑橘類も有用な食品であることには変わりない）、可食部を計測したときに含有量《がんゆうりょう》が多いものが幾つもあった。過去家庭科の授業で、地球の栄養成分表を確認した限りではあるが……

「パプリカは夏の野菜ですね……遅《おそ》くまで実っているものもありますが、流石《さすが》にもうないと思います」

「……そうよにぇ」

ここは地球の知識に則《のっと》って、取り敢えずはキャベツで行こうではないか。後は確かカリフラワー類。パプリカはまた暖かくなったら考えればいい。

クルースの町で材料を購入するか迷ったが、幾らかかるか解らないのだ。農家から直接買った方が安いだろうと、ポテト芋《いも》とブロッコリー、カリフラワー、キャベツ、唐辛子を購入する。彼等が食べる分までを買わないように、幾つかの農家を巡《めぐ》る。

農家の庭に柿《かき》がないかも確認するが、見当たらない。マグノリアは首を捻る。

（柿ってヨーロッパにはないのかな？　もしやアジア原産？　……あれ、なら何でキウイはあるんだろう。あれもアジア原産だよね？）

確かにヨーロッパ風の風景よりも、日本家屋の庭先の方が似合うが……マグノリアが知る限りで、ヨーロッパの映像で柿が実っている風景を見た記《き》憶《おく》がないことに気づく。

クルースの町にあればよいがと思う。柿もビタミンＣが多いのだ。

（この前は見かけなかったけど、アセロラが手に入るといいんだけどな……）

そして、ビタミンＣと言えばアセロラだ。多分断トツの含有量のはず。

（果物と、塩。そして保存瓶みたいな容器にアルコール度数の強いお酒。清潔な布……）

遥《はる》か昔に捲《めく》った栄養成分表を頭の中で思《おも》い浮《う》かべながら、考えを巡らす。

（あくまで地球基準だから、栄養が全く違う可能性もある……その場合は手詰《てづ》まりだな）

地球との相違を知るために、この数か月で色々と試《ため》したことがある。

じゃが芋にしか見えないポテト芋を包丁で切らせてもらった時は、でんぷんのようなものが付いた。すりおろして集め、乾《かわ》かし、その後水に溶《と》かして煮《に》てみたらとろみがついたので、同じ性質であることは解った。――だが、栄養的に同じであるのかは立証できない。

（まあ、やってみるしかないんだけどね）

なるべく確実性が欲しくて、諦《あきら》め悪く記憶をさらう。

ビタミンCの計測方法を記憶から掘《ほ》り起こすが、試薬やキットを使ったものしか思い浮かばない。流石に試薬の作り方なんて解るわけがない。一般人《いっぱんじん》の知識で確認出来ることはないものか考えを巡らせる。

（ビタミンC……アスコルビン酸、だっけ？　……食品添加物《てんかぶつ》。酸化防止……ん？）

ビタミンCは、『ビタミンC』と表記されたり『アスコルビン酸』と書かれたりしていた。抗酸化《こうさんか》作用があるので、酸化防止剤《ぼうしざい》として使われていたのだ。何気なくお茶のペットボトルに書かれていたので気になって調べた時に読んだ記憶がある。

（お弁当のリンゴ……変色防止に塩水かレモン汁《じる》に浸《ひた》さなかったっけ？　レモン汁を使うのは抗酸化作用を利用してる？　野菜や果物のしぼり汁を垂らして確認すると、含有量が多いか解る……？　いや、そうだとしても塩水も変色を防止するから何とも言えないか……果糖とかクエン酸とか、別の物質に反応するかもしれないから、一概《いちがい》に言えない？）

「お嬢様《じょうさま》、間もなく騎士団《きしだん》の駐屯《ちゆうとん》部隊がおります要塞《ようさい》に着きます」

考えに集中していたマグノリアを気遣ってか、小さな声で護衛騎士が告げた。

てっきり詰所《つめしょ》に行くとばかり考えていたが、領主名代としての来訪なら部隊の本拠地《ほんきょち》である要塞になるだろうと納得《なっとく》する。

「解りまちた」

要塞の前に、多くの騎士が並んでいるのが見える。

近づいて行く馬車の中で、気合を入れるためにマグノリアは両手で頬《ほお》を張った。

気合を入れる騎士のようなマグノリアの行動に、三人は驚いて顔を見合わせる。

（さあ、マグノリア。待ったなしだ！　行くぞ！）

＊＊＊＊＊

しばらくして馬車が停《と》まり、ゆっくりと扉が開く。

護衛騎士によって降ろされたのは、小さい女の子だった。

数時間程前。ギルモア騎士団・西部駐屯部隊に辺境伯家から早馬がやってきた。

今朝方報告したクルースの航海病に関する返事か指示だろうと思いながら、異様に草臥《くたび》れた風の伝令を務めた騎士を怪訝《けげん》そうに見て、部隊長が書状を受け取った。

「……なんだって？」

副官のイーサンが部隊の決算書類にサインをしながら、器用に片眉《かたまゆ》を上げて淡々《たんたん》と聞く。

イーサンの上司であるこの部隊の隊長、ユーゴ・デュカスが届いた書状に見落としがないか確認しながら口を開いた。

「航海病について解りそうな人間を送ってくださるそうだ……侍女と従僕と、計三名。夕方には着くらしい。西部には不慣れなので我々にサポートを、とのことだ」

「へぇ。医者なのかな？」

ユーゴとイーサンが情報を得ようと、伝令係の騎士を見る。

「……いえ。領主家のお方かと……」

伝令を申し付けられた護衛騎士は、自分がうっかりあれこれ話してしまい、万一にも受け入れ拒否《きょひ》をされたら不味《まず》いと思い、視線を上の方にずらしながら、奥歯《おくば》に物が挟《はさ》まったような言い方しか出来なかった。

……まさか四歳の幼女が名代で来ると言ったら、一笑《いっしょう》に付されるか馬鹿にするなと怒鳴《どな》られるか、どちらかしか想像が出来ない。

「ふーん？」

（領主家ということは、クロード様か名代でセバスチャンか……）

しかしクロードならばクルースの町に不慣れということはないだろう。

クロードの字で記されているのにその名前が書かれていないということは、解りそうな者は別人なのだろうとユーゴは推測する。そうなると切れ者と噂《うわさ》のセバスチャンが、ガイか誰《だれ》かに有効な方法でも聞いたのかもしれないと考え、了解の旨《むね》を伝令係に伝えた。

いそいそと帰って行く伝令係を見て妙《みょう》な引っ掛《か》かりを覚えたが。穏健派《おんけんは》で知られる部隊長は頭を掻《か》きながら、特に何も言わずにそのまま見送ったのだった。

そして今。

目の前にはクロードどころかセバスチャンの姿もない。護衛なのだろう、先程《さきほど》の伝令係と侍女らしき若い女がひとり、そして幼児がふたり立っていた。

誰に挨拶《あいさつ》をすればよいのか解らず、ユーゴは鳶色《とびいろ》の瞳を瞬《しばた》かせる。後ろに控える二十人程の、要塞にいたので出迎《でむか》えに立った騎士達《きしたち》も微妙《びみょう》な空気で見守っていた。

空気を察したマグノリアが、礼を取る。

「マグノリア・ギルモアと申しましゅ。お忙ちい中お出迎え感謝いたちましゅ……大変急で申ち訳ないのでしゅが、クルースの町に詳ちい騎士しゃんを二名程お借り出来ましゅでちょうか？　出来れば荷馬車か馬も貸ちていただけるとありがたいでしゅ。治療に必要なもにょを急いで買いに行かせたいのでしゅ」

今の時期は日が暮れるのも早い。もうじき夕方になるだろう、空は茜色《あかねいろ》に色づき始めている。夕闇《ゆうやみ》に包まれるのはあっという間だ。

「はぁ……。ジャン、クレメント！」

「「はい！」」

呼ばれると、二名が前に出る。マグノリアはふたりに黙礼《もくれい》する。

「しょれでは、リリーは塩とハーブ、保存瓶か蓋の出来る入れ物。そして酒精の強いお酒、清潔な布と石鹸《せっけん》を幾ちゅかお願い。ディーンは果物をなるべく沢山《たくさん》の種類。オレンジとリンゴ、この前食べたキウイの三種類は多めに買ってきて」

「「畏《かしこ》まりました」」

「慣れにゃい土地なので、くれぐれも騎士しゃんから離《はな》れないように。荷物が重いので気を付けて。騎士のおふた方、どうじょよろちくお願いいたちましゅ」

前半はリリーとディーンに。後半はふたりの護衛兼案内をしてくれる騎士に伝えた。

そして一日をたっぷりこき使われた護衛騎士に向き直る。

「今日は長い時間拘束《こうそく》してちまい申ち訳ありませんでした。館へ戻《もど》り、無事到着《とうちゃく》ちた旨お兄ちゃまに伝えた後、ゆっくり休んでくだちゃい」

「……お嬢様もくれぐれも無茶《むちゃ》をなさらず、お気をつけ下さいませ」

騎士は馬車に繋《つな》いできた馬を一頭外すと、そう言って騎士の礼をし、今日何往復目かの元来た道を気遣わし気《げ》に振り返りながら戻って行った。大変お疲《つか》れ様《さま》である。

「しゃて。申ち訳ないのでしゅが、馬車の中の荷物を調理場へ運んでいただけましゅか？治療に使いましゅ。しょちて航海病にちゅいて詳ちくお話を聞かせてくだちゃい」

赤ちゃん言葉で喋《しゃべ》る一番小さい幼女が、テキパキと指示を始める。

（航海病に詳《くわ》しい者って、まさかこの子どもか……？）

マグノリア・ギルモアと名乗った幼女。

……『ギルモア』と言うからには、どちらかの領主家の人間なのだろう。伝令の、さっきまでは目の前の幼女の護衛騎士を務めていた騎士の先の言葉を思い出す。

（……辺境伯家《へんきょうはく》にもギルモア家にも、女の子が誕生したなんて聞いたことがないが）

胸には辺境伯代行の御印。

クロードからの書状が偽造《ぎぞう》でないのなら、本気でこの子が名代なのだろう。

……そして今ではギルモア家にしか生まれないであろうピンク色の髪に朱鷺《とき》色の瞳。顔はセルヴェスの母親にそっくりである。……偽装《ぎそう》のしようがない。

（…………。セルヴェス様かジェラルド様の隠し子か？）

「……どなたか、宿の手配をお願いすることは可能でしゅか？」

一向に動かない、名乗りもしない騎士達に痺《しび》れを切らしマグノリアが訊《たず》ねる。

後ろで見守っていたイーサンが前に出る。

「ご挨拶が遅《おく》れまして申し訳ございません。私は部隊長付き副官、イーサン・ベルリオーズと申します。こちらはギルモア騎士団西部駐屯部隊隊長、ユーゴ・デュカスです」

「いっ……！」

ユーゴはイーサンにこっそりと脛を蹴《け》られ、我に返り急いで頭を下げる。

よく解らない状態のまま考えに没頭《ぼっとう》してしまい、ユーゴは自分から名乗るべきである挨拶を忘れていた。

……如何《いかん》せん目線がかなり下だ。マグノリアはばっちりと、その華麗《かれい》な蹴りを見ていたのだが。

「これから宿と申しますと、お連れ様とご一緒《いっしょ》の宿屋は難しいかもしれません。もし差し支《つか》えないようでしたら、要塞の客間をご用意いたしますが」

言いながら僅《わず》かに首を傾《かたむ》ける副官に、マグノリアは微笑《ほほえ》んで頷《うなず》く。

「あいがとうございましゅ。助かりまちゅ。お手数をおかけちますがよろちくお願いいたちましゅ」

イーサンはふたつ返事のお嬢様に一瞬《いっしゅん》目を瞠《みは》ったが、含《ふく》んだように笑うと、了承を返した。

そして。マグノリアは食堂で二十分程《ほど》待たされると、その後客間へと案内された。

待つ間に詳しい話をと言えば、「大人がきたら」と返された。お茶を出され、見張りらしい護衛騎士をひとり案内係に置いて行くと、隊長と副官は忙《いそが》しいと執務《しつむ》室《しつ》に引っ込んで行ったのだった。

（ははーん。信用してないわけねぇ）

案内された部屋は普段《ふだん》使わないのだろう、申しわけ程度に掃除《そうじ》をした埃臭《ほこりくさ》い部屋だった。

一応男爵《だんしゃく》家の、歴《れっき》としたお嬢様とお坊《ぼっ》ちゃまのふたりは、こんな部屋で大丈夫だろうかと心配になる。

まあ、彼等の懸念《けねん》も無理もないだろうと思う。騎士団の彼等がどの程度航海病について考えているのか解らないが、いきなり小さい子どもがやってきて、色んな意味で信じられないのだろう。真面目に取り組んでいる方がより腹が立つかもしれない。

こちらはこちらで揶揄《からか》うつもりもふざけるつもりもなく、至って大真面目なのだけど。

（……まあ、いいけどね。治せればいいわけだから、言ったことを手伝ってくれて、邪魔をしないでくれたら御《おん》の字《じ》だ）

木札に念のため、煮沸《しゃふつ》消毒の方法と作業の注意点、簡単なレシピを書いておく。

特に手と道具の消毒は大切だ。せっかく病気を治すために作ったものが、使えなくなったのでは意味がない。


一時間程して、ディーンが護衛騎士と共に帰ってきた。

沢山の果物を買い込んできてくれ、騎士と一緒に運んでくれた。礼を言って労《ねぎら》う。

お腹《なか》が減ったであろうから、寮母《りょうぼ》さんにお願いして残った食事を温めてもらった。

寮母さん――そう、寄宿舎には騎士のお世話をする寮母さんがいたのだ。

果物を運ぶついでに調理場にいた恰幅《かっぷく》のよい寮母さんに事情を話し、空《あ》いている時間や場所を使って作業をして構わないかの確認《かくにん》をした。するとクルースの出身者だったようで、初めはびっくりしていたが大層有難《ありがた》がってくれ、自由にして構わないと了承してくれた。なんとなくアウェイな雰囲気《ふんいき》の中、有難いことである。

それから更に一時間程して、リリーと護衛騎士が帰ってくる。陽がとっぷりと暮れ、もう夜になっていた。ディーンと一緒に荷馬車まで行き、幼児ふたり、淑女《しゅくじょ》ひとり、騎士もひとりで協力し荷物を運《はこ》び込む。

「ごめんね、リリー。大変だったでちょう？　騎士しゃんも遅くまで申ち訳ありまちぇんでちた」

温め直してもらった食事を一緒に取り、クルースの様子を聞く。特に混乱した様子もなく、町は活気のある様子だと聞いて安堵《あんど》する。

本当はマグノリアも買い物に行ければよかったのだが、幼児が行くと却《かえ》って効率が悪そうなので、取り敢えず揃《そろ》えるものは早く揃えてしまうために遠慮《えんりょ》したのだった。

替《か》わりに先に話を詰めてしまおうと思っていたが、お相手にその気がないようで、全くもって進まなかったのは誤算だが。

「マグノリア様ったら、こんな時間までお食事をなさらないだなんて……」

「しょれよりも、やらなきゃなりゃないことを片付けよう？」

リリーの口から文句が出そうだったので、にっこり笑って首を振る。

食べている間に大鍋《おおなべ》で瓶の煮沸消毒をする。そして乾かしている間にお話し合いだ。

＊＊＊＊＊

「どう思う？」

「うん？　随分しっかりしたお嬢様だな。うちの甥《おい》っ子よりしっかりしてると思うぞ」

ユーゴとイーサンは、もう一度辺境伯家からやってきた書状を見てため息をついた。

「お前んとこの甥って、十一歳《さい》だろう？　それはマズいんじゃないのか？」

呆《あき》れるイーサンにユーゴは苦笑いをする。イーサンは顎《あご》を撫《な》でながら意味深に呟《つぶや》いた。

「しかし良く躾けられたお嬢様だな」

「……そういうんじゃないだろう。あいさつ程度ならまだしも、あの年で全て暗記して対応するのは無理だ。それにそんなことをする意味もない」

ユーゴの言葉に確かにと思いながらも、イーサンは何かが引っ掛かっていた。

「お前の陰湿《いんしつ》なイビリにも何も言わなかったんだろう？　……っていうか相手は侯爵令《こうしやくれい》嬢《じよう》だ。あまり変なことをしない方がいいぞ？」

本来ならピカピカに磨《みが》き上げなくてはならない客間を、殆《ほとん》ど掃除せずに引き渡した。その侯爵令嬢は部屋の隅《すみ》の綿埃《わたぼこり》を目で追っていたが、表情を変えずに礼を言っていたと見張りの騎士が報告している。食事もお付きの者が戻ったら一緒にいただくと言い、ごねるでも我儘《わがまま》を言うでもなく、静かに書き物をしていたそうだ。

話し合いも断ったが、忙しいならとあっさりと引き下がっていた。文句は一切《いっさい》出なかった。

——急な来訪に対応するこちらもバタバタするが、辺境伯家からわざわざ人を至急で送ってもらってこの対応は、文句のひとつやふたつ言われてもしょうがない態度であろう。

「我儘性《しょう》ワル娘《むすめ》ってわけでもなさそうだなぁ。何やらこっちのことを調査をするにしたって無理だろう？　何しに来たのか……」

「案外本当に治療《ちりょう》にきたのかもしれんぞ」

ユーゴの言葉に、イーサンが苦笑《くしょう》した。

「本当にそう思うの？　あんな幼児が？　まあ、執務室には入れない方がいいよ。特に侍《じ》女《じょ》さんね？」

実際に動くのなら手練《てだ》れの筈の大人であろう。天真爛漫《てんしんらんまん》そうな侍女にそんな様子は見受けられなかったが、用心に越《こ》したことはないというのがイーサンの考えらしい。

探《さぐ》られたところで腹は痛くもない。帰らないのか帰れないのか、執務室にはユーゴが住んでいるに等しい。普段有能であるものの、頭が固く疑《うたぐ》り深《ぶか》い副官を、ユーゴはため息をついて見遣《みや》った。

＊＊＊＊＊

「これが概要《がいよう》です。アゼンダ出身者が一名、こちらは軽度の様子とのことです。他国者は五名と聞いていますが詳しくは確認がとれておりません。船内にて治療中とのことです。詳しいことは解りません」

執務室の扉の前で、紙っぺらを渡されて立ったまま口頭で説明を受ける。

主にリリーに向かって話される――実際に対応するのは大人のリリーだと思っているのだろう。真ん中に立っている筈のマグノリアは、まるで視界に入らないと言わんばかりだ。疲れたであろうディーンは食堂に残って休んでもらっているので、後ろに控えているのはリリーだけだが、イーサンの余りの対応に、リリーの口も瞳《ひとみ》も大きく開け放たれていた。

「……しょうでしゅか。では明日、どなたかに案内を頼《たの》んでもいいでちょうか？　この後治療の準備に食堂と調理場を使わせてもらいましゅ。寮母しゃんは了解済みでちゅ」

「解りました」

にこやかなイーサンは大変胡散臭《うさんくさ》い。マグノリアも胡散臭い笑顔《えがお》で返しておく。

（……関わるだけ時間の無駄《むだ》だ。協力した方が上手く運ぶのに、勝手に疑ってたらいい）

「では、明日よろしくお願いいたちましゅ」

リリーが余計なことを言い出す前に撤退《てったい》だ。イーサンの返事も聞く必要はない。

マグノリアは踵《きびす》を返す。


「なんなのですか、あれ！」

しばらくして我に返った後、ぷりぷりと怒《おこ》っているリリーに苦笑いをする。

感染《かんせん》の恐《おそ》れが全くないとは断言できない中、無理を押して来た者への態度なのかと憤《いきどお》るリリーの気持ちもよく解る。

「子どもがきてビックリリちちゃったんだよ。違《ちが》うこと勘《かん》ぐっちゃってりゅんだろうね。放っときゃあいい」

若干《じゃっかん》言葉が元に戻っているのはご愛敬《あいきょう》だ。ぽんぽん、とリリーの腕《うで》を優《やさ》しく叩《たた》き、にっこり笑う。

「しゃあ。疲れてりゅだろうけど、もうひと頑張りよ！」

「はい！」

＊＊＊＊＊

「石鹸で手をよく洗って、綺麗《きれい》な手巾《しゅきん》で拭いたりゃ、お酒で消毒ちて」

「こんなに厳重に気をつけるものなのですね！」

衛生観念が薄《うす》いこの世界では、ここまですると非常に神経質な人間だと思われるだろう。

「うん。長期保存しゅる食べ物を作りゅから、なるべく必要な菌《きん》以外を入りぇたくないのね。品質が悪くなったり、最悪腐《くさ》って使い物になりゃなくなっちゃうかりゃ。身体が弱ってる人が食べりゅでしょ。……じゃあ、リリーは洗ったキャベツを粗《あら》い千切りに切って。不揃《ふぞろ》いでも大丈夫《だいじょうぶ》よ。ディーンはリンゴを細く、くし形に切ってお皿に並べてにぇ」

それぞれ指示をしながら、マグノリアは物品の在庫確認と瓶《びん》の乾き具合を確認する。

薬やサプリメントがないので、基本食事療法《りょうほう》を行うしかない。色々なことが不明瞭《ふめいりょう》な状態なので、なるべく効率良く摂取《せっしゅ》してもらえるようにするしかないのが現状だ。

リリーは懸命《けんめい》にキャベツの千切りと格闘《かくとう》している。休みながら数玉分を切る予定だ。

罹患者《りかんしゃ》は全部で六名。船で休んでいる人達は、輸出入を生業としているのだろうから案外果物は自力で調達出来るかもしれないので、渡すのは少な目でよいであろう。

替わりにザワークラウトを沢山《たくさん》渡《わた》した方がよい筈だ。

ザワークラウト。

実際に地球で、壊血病《かいけつびょう》予防の一つとして食べられていた西洋のお漬物《つけもの》だ。

日本で独り暮らしが長かったマグノリアは、人並み程度には家事が出来る。……とは言え、作るのは専《もっぱ》ら手抜《てぬ》き料理が多かったのだが。

作り置き総菜に凝《こ》った時期があるのだが、シンプルに塩とキャベツで作ることの出来るザワークラウトは、忙しい時に有難く、一時期よく作っていた一品だ。腸活にハマった時も、ヨーグルトやきのこと共に、乳酸発酵《はっこう》食品であるそれをよく食べていた。

更には特売のキャベツのあまりを使い切ることが出来るので、『なんでもぶっこみ鍋《なべ》』と並ぶ節約料理の一つでもあったと思い出す。

保存状態と味の向上のため、過去に見た売り物の瓶詰《びんづ》め製品を参考にさせてもらう。ローリエとキャラウェイシード、唐辛子《とうがらし》も入れているが、ジュニパーベリーや好みのハーブ、香辛料《こうしんりょう》を入れてもよい。なければないで問題はなく、塩とキャベツだけを揉《も》み込《こ》んでも構わない。そして時折ガス抜《ぬ》きをして、数日常温に放置しておけば出来る簡単な代物《しろもの》だ。乳《にゅう》酸菌《さんきん》任せなところもあり、腐っているのか発酵しているのかの見極《みきわ》めに多少のコツがいるが、幸い何度も作ったことがあるので問題はない。

作り方をネット検索《けんさく》した時に、たまたま壊血病（こちらでは『航海病』だが）の話が出てきたので、雑学として目を通していたのが幸いした。

本当に人間、何が役に立つか解らないものだ。学びに無駄はないというのも、案外本当なんだなと今回ばかりは本気で感心した。昔の人はいいことを言うものである。

キャベツの千切りと適量の塩を合わせ、消毒したボールに入れて揉み込む。しんなりしたらハーブと唐辛子を全体に軽く混ぜ合わせ、空気を抜くように瓶にぎゅうぎゅう詰《づ》めにして、よく洗った綺麗なキャベツの外葉で表面を覆《おお》い、キャベツの芯《しん》を加圧のための押《おさ》え棒にして蓋《ふた》をする。こうすると、蓋が閉まる際の圧力を利用して重石《おもし》と同じ効果を得られる。勿論面倒《もちろんめんどう》なら普通に重石をしても構わない。

明日の朝には、だいぶ水分が上がってくるだろう。

一方のディーンは、慎重《しんちょう》にリンゴを切って綺麗に皿の上に並べた。

「出来たら、他にょ果物を潰ちて、果汁《かじゅう》をリンゴの表面に塗《ぬ》ってみて」

まずは柑橘類であるレモン、オレンジ、ライムの果汁を塗って、数分様子を見る。

「あ！　塗ってないのは茶色くなってきてるのに、塗ったやつはなんか白い？」

ディーンは初めて理科の実験をする子どものように楽しそうだ。

大まかに、柑橘類には前世と同じ効果が見込《みこ》めそうだと解《わか》ったところで、購入《こうにゅう》した他の果物――葡萄《ぶどう》、キウイ、イチジク、ザクロ、プルーン、マルメロ、ドラゴンフルーツの果汁も同じように塗って行く。

「わ！　このキウイ虹色《にじいろ》!?」

今度は何色かと思っていた果肉が、開いてみたらカラフルな虹色で思わずビックリする。

「なんか、『レインボーキウイ』っていうらしくて、他にも一色だったり何色か混じってたり。緑とかオレンジとか幾《いく》つかあるらしいよ？」

ディーンが聞いてきた知識をどや顔で披露《ひろう》する。可愛《かわい》い。荒《あら》ぶった心も癒《いや》されるようだ。

……レインボーと言うからには七色あるのだろうかと思いながら、色の数は国によっても違うのだったと思い直し、マグノリアはまじまじと謎《なぞ》多きレインボーキウイを見る。

（確か黄色い果肉のゴールデンキウイの方がビタミンC、多かったんだよね……こっちのも色によって違いがあるのかなぁ？）

前世では、実の形と皮の毛並み（？）の様子から色の判別が出来たが、こちらのキウイは全く同じに見えるので開けてみなければ色が解らない。より多い分には良いが、色によって必要な栄養素を殆ど含んでいないなんてことがないように願う。

ディーンに再び手を洗ってもらい、キャベツの揉み込みをお願いする。張り切って返事をすると、腕まくりをして小さな手で、一生懸命《いっしょうけんめい》にキャベツと塩を合わせている。

そうこうしているうちに、酸化の実験はキウイも変色が緩《ゆる》やかな様子で、マルメロも若《じゃっ》干薄《かんうす》いかもと思える程の変化だ。それ以外は普通に変色しており、効果は薄いと見て取れた。

ただ、柑橘類に比べて全体的に変色が進んでいるものが多い。蛇足《だそく》だが、やはりビタミンC以外にもクエン酸が変色を防ぐ効果に関係しているらしいと考えられた。

「マルメロってどうやって食べりゅのかな？」

「ジャムが多いですかねぇ」

リリーは腕が疲れたのか、休み休み、キャベツを切りながら教えてくれる。

「ジャムかぁ……」

じゃが芋（ポテト芋）のように熱に強いビタミンCもあるが、大抵《たいてい》のものは熱に弱く、生食で食べた方が多く摂取出来たはずだ。ジャムということはかなり煮込《にこ》むのだろう。外した方が無難だろうか。

「……こっちの果物は航海病には効き難《にく》いかもだけど、美味《おい》ちいし健康には良いかりゃ、寮母さんに渡《わた》ちて使ってもらおう」

そう言ってマグノリアは変色防止効果が薄かった果物を籠《かご》により分ける。

キャベツの下処理はふたりに任せ、マグノリアは麻袋《あさぶくろ》にポテト芋や野菜類、果物を詰める。明日罹患者達《りかんしやたち》に渡すものだ。罹患者達の経済状況《じようきよう》が解らないから、少し多めに用意することにした。

自分達で購入するのが問題ないようであれば、追加で持参する必要はないであろうと考えている。

「…………」

物陰《ものかげ》で息をひそめながら、イーサンが三人の様子を観察していた。

マグノリアが指示をして、お付きの者達が作業をしている。かと言って威張《いば》ってやらせているわけでもなく、自分は手が汚《よご》れる雑用を熟しながら、ふたりの指導をしている様子であった。

（本当にあの子が治療方法を……？　薬ではなく、あんな普通の食べ物で治そうって言うのか？）

信じられない。イーサンは口の中で呟いた。

航海病は酷《ひど》くなると命を落とす病気だ。見ているのも辛《つら》い状態に陥《おちい》る人間を見たことがある。詳しいことは原因不明で、治ることもあるが酷くなることもある。見た目の悪さと臭《にお》いから、隠《かく》されて過ごす人も多い。

西部はアゼンダとしてもアスカルド王国としても、唯一《ゆいいつ》の海を有する土地であり、クルースの港町に程近《ほどちか》い場所に要塞があることから、必然的に地元の人と顔見知りになる。

だから、知人が航海病になったことも何度もあった。

比較的《ひかくてき》近い距離《きょり》の航海しかしないアゼンダの船乗り達だが、時折長い航海をすると決まってこの病気に罹《かか》るため、ここ数年は長期の航海は暗黙《あんもく》のタブーとなっている。

その甲斐《かい》あってか、最近の発症《はっしょう》は少なかったのだが。外国の船に乗っている者は変わらず多く罹っているようであった。今回も他国の船に乗っている者の罹患《りかん》だ。

（……子《こ》ども騙《だま》しにしか見えないけどな。お手並み拝見と行くか）

特に怪《あや》しい動きをするでもない三人をもう一度見遣《みや》って、静かに食堂を後にした。


馬車移動と大量の買い物、そして慣れない作業に疲れ切ったリリーとディーンは、埃《ほこり》なんてなんのその。あっという間に夢の中であった。

客間にはベッドが二つ、隣《となり》の付き人用の部屋には一つあった。必然的に同性であるリリーがマグノリアと一緒の部屋で眠《ねむ》ることになる。主人と一緒に眠るなんてと恐縮《きょうしゅく》しまくっていたのだが、睡魔《すいま》には勝てなかったようですぐさま寝落《ねお》ちていた。

はじめは部屋にも眉を顰《しか》めていたのだが、疲れの方が勝ったらしい。可愛らしい寝顔《ねがお》のリリーを見遣り、マグノリアは小さく微笑む。

……心配と不安で気持ちが昂《たかぶ》っているようで、眠気《ねむけ》が全く訪《おとず》れない。

もし上手《うま》く行かなかったら。命を救えなかったら。見立て違いでリリーとディーンにまで伝染《うつ》ってしまったら。そう思うと息が詰まりそうになる。

仕方なくそっと音をたてないようにベッドから抜け出し、窓辺の月明かりを頼《たよ》りに、持参した切れ端《はし》と針を持ってパッチワークをすることにした。

（コースター？　それとも鍋敷《なべしき》？　お茶は欠かせないから、ティー・コゼーもいいかも）

温かみのある暖色系。すっきり見える寒色系。落ち着いたモノトーン。

可愛らしいパステルカラーでまとめてもいいかもしれない。

（……パッチワーク、ヨーロッパで流行《はや》ったって聞いたけど、ここでは見ないなぁ？）

無心に手を動かし、小さな布を繋ぎ合わせて行く。

単純な作業は心を鎮《しず》めるのに丁度良い。黙々《もくもく》と縫《ぬ》い続ける。

（……ライラもデイジーも、ロサも元気かなぁ）

王都を離れてまだ一週間程しか経《た》っていないというのが、嘘《うそ》のようであると思う。

まるで社畜《しゃちく》の如き忙しい生活に、何だか笑えてくる。

自分で勝手に忙しくしているのだが、特段苦に思わない様子から、きっと日本でもこんな感じだったのだろう。

（明日はお見舞《みま》いと説明に行って、露店《ろてん》やお店にアセロラやグァバがないか確認しないと。後は本当に航海病の治療法《ちりようほう》がないのかもチェックだよね）

リリーの寝息《ねいき》と、壁《かべ》の向こうからディーンのいびき、遠くで夜鳥の微《かす》かな鳴き声が聞こえる。

窓の遠くには、見張りに立っているのだろうか、松明《たいまつ》の揺《ゆ》れる炎《ほのお》が見える。小さな胸に不安を抱《かか》えながら、静かに夜が更《ふ》けて行った。

＊＊＊＊＊

厚い雲が空を低く覆っている。

晩秋の港町は風が冷たくて、マグノリアはふるりと震《ふる》えた。

ギルモアの馬車は無地が多い。黒く重厚《じゆうこう》な馬車の屋根飾《かざ》りには紋章《もんしよう》がデザインされており、遠くからでもギルモアの馬車であることが一目で判《わか》るようになっている。長い歴史の中で、疚《やま》しい輩《やから》たちがギルモアの紋章が見えたら逃《に》げるよう、無用な争いを避《さ》けるための

工夫《くふう》であるそうだ。そんな一見地味な馬車でクルースの町へ向かう。要塞からも程近い町は、馬車を走らせ十五分もすれば着くとのことであった。

昨日と同じように港町に詳しい者の同行を頼むと、部隊長と副官自らが案内を買って出た。

(どういう風の吹《ふ》き回しなのか、それとも何か企《たくら》んでいるのか……)

リリーは露骨《ろこつ》に眉を顰めており、マグノリアは心が全く見えない淑女の微笑みというヤツを浮かべていた。同じように胡散臭い微笑《びしょう》を晴れやかに浮かべたイーサンと、困った顔のユーゴとディーンが対照的であった。

「……お忙ちいでちょうに、他の方にお願いちていただいて問題ごじゃいましぇんが」

「はい。昨日徹夜《てつや》で仕事を進めましたので、今日はご案内を務めさせていただくことが可能です」

「まあ。案内よりもお休みをしゃれては？　……徹夜なんてなしゃらないように、普段かりゃお仕事は溜《た》めにゃい方がよろちくてよ？　しょれに自分が居にゃくても仕事が回るよう、後進を育てるのも上官の役目でしゅけどね？」

刺々《とげとげ》しく子ども相手に恩を売るつもりが、余計に刺々しい言葉の連続パンチをお見舞いされる。

マグノリアの正体を知らないユーゴとイーサンは……特にイーサンは、ただの幼児が、想像以上に頭も口も回る事実を叩きつけられ、内心で驚《おどろ》いていた。

「お嬢様にはまだ御解《おわか》りにならないでしょうが、仕事とは大変なものなのです。なかなか人員も厳しいのですよ」

めげずに子ども騙しな応酬《おうしゅう》をするイーサンに、マグノリアは輝《かがや》くような笑顔を向ける。

「そうでしゅの。そりぇではおじいしゃまとクロードお兄ちゃまの目が節穴なばかりに西部の人事がよろちくなくて、おふたりは大変、大変支障を生じているとご報告ちておきましゅわね。改善さりぇるとよろちいこと」

ユーゴはため息をつく。まだ何か言いたそうなイーサンに向かって諌《いさ》めるような視線を投げ、膝《ひざ》をつくとマグノリアに深く頭を下げる。どうやらデュカス部隊長は部下のために頭を下げられる上司であり、一応幼女であっても相手を立てるフリは出来るらしい。

「……イーサン、もういい加減止《や》めておけ。いつものお前らしくないぞ。お嬢様、ご気分を害する発言の数々、誠《まこと》に申し訳ございませんでした。私からもお詫《わ》び申し上げます」

別にマグノリアは怒ってはいない。勿論《もちろん》祖父と叔父《おじ》に告げ口するつもりも毛頭ない。

イーサンという男は、普段西部駐屯部隊を上手く回しているからこその牽制《けんせい》なのだろう。

（――幼女相手に牽制せんでもと思うし、若干大人気ないとは思うけどさ）

子どもなんぞを寄越《よこ》しおってと憤慨《ふんがい》しているか、航海病に対して人一倍苦慮《くりょ》しているのか。かこつけて別の意味（たとえば駐屯部隊の調査等）があるのかと不審《ふしん》がっているか、所詮《しょせん》子どもと侮《あなど》っているか。その全部なのか。

金色に近い薄い茶色の髪と優しそうな緑色の瞳は、きっと女性受けも良いのだろう。副官という役職からか、騎士《きし》の割に柔《やわ》らかい雰囲気は、何処《どこ》かマグノリアの父であるジェラルドを連想させる。年齢《ねんれい》はかの父親よりは少し若い。二十代半ばというところか。

——腹黒キャラそうなのに、そうなりきれず感情がダダ解りなのは、根が素直《すなお》なのだろうと判断する。

（忙しい時はちょっと面倒《めんどう》だけど、暇《ひま》な時に揶揄うと多分、面白可愛《おもしろかわい》いタイプだよね～）

警戒《けいかい》する犬のような青年に、誰か頭を撫でてやってくれとマグノリアは思う。

「部隊長、本当に案内は他の方でよろちいのでしゅよ。無理せず何かあった時に備え、体調は整えりゃれる時に整えた方がいいのでしゅ」

組織のトップが忙しいのはどこの世界も同じだろう。本当に徹夜したのかどうかはさておき、他の者にも出来る仕事は割《わ》り振《ふ》った方がよい。

ユーゴは小さいお嬢様の朱鷺色の瞳をまじまじと見ると、遥《はる》か年上な（外見は）自分達を思《おも》い遣《や》っての言葉であることを確認し、鳶色の瞳を穏《おだ》やかに細めた。

「大丈夫でございます。昨日報告を受けまして元々本日、我々が詳細確認《しょうさいかくにん》に行く予定でしたから。宜《よろ》しければ警護を務めさせていただければと思います」

そう言うと小さな手を取り、丁寧《ていねい》に馬車のステップまでエスコートしてくれる……残念なことにマグノリアの見た目が小さいので、手をつないだ親子みたいな風体《ふうてい》ではあるが。

見た目はやや厳《いか》めしい、いかにも騎士と言った風貌《ふうぼう》だが。意外なことにちゃんとした紳士《しんし》であるらしい。

「……解りまちた。しょれではよろちくお願いいたちましゅ」

ここで言い合っているのも時間の無駄と、マグノリアは了承《りょうしょう》し、馬車に乗り込んだ。

（内面はまるでイーサンより大人だな……こまっしゃくれたお嬢様《じょうさま》だ）

ユーゴはくすりと笑う。

穏健派な部隊長は、普段はのんびりしているがそれはポーズだ。

昨夜三人が遅《おそ》くまで航海病患者《かんじゃ》のために作業をしていたことも、イーサンが複雑な気持ちでそれを見ていたことも全て知っている。

（ギルモアの人間は変なのが多くて敵《かな》わんなぁ）

ユーゴはジェラルドと一緒に、例の内戦地に行かされたクチだ。

——というより、先輩《せんぱい》であるものの立場は直属の部下として、ジェラルドの大分おかしな戦術を実行させられた被害者《ひがいしゃ》である。ジェラルドより三つばかり年上のユーゴは、ギルモアのどの面々ともガッツリ関わったことがある人間の一人で。

ギルモア家の人たちはどこ吹く風《かぜ》とでも思っているのだろうが、ユーゴとしてはそれぞれに迷惑《めいわく》を掛けられた覚えで一杯《いっぱい》なのだ。

環境《かんきょう》が人を作るのか、それとも類友という奴《やつ》なのか。

血縁《けつえん》関係はない筈《はず》のクロードまでもが、結果的にかなりおかしな人間に仕上がった。

ジェラルドの息子《むすこ》であるブライアンにはお披露目《ひろめ》で祝った程度で、まだ関わったことがないが……どうか普通《ふつう》の人間であって欲《ほ》しい、そう切望している。

だからわざわざセルヴェスなのかクロードなのか知らないが、辺境伯の御印《ごいん》までぶら下げて寄越したお嬢様は、とんでもない暴れ馬だと思ってかかったほうが身のためだと、ユーゴは心底身に染《し》みているのだ。

（今朝方、イーサンはお嬢様の正体を探ろうと本部に使いをやったみたいだが……情報なんぞ知ったところで、対応の手引きになればいいがなぁ）

乗り慣れた愛馬に乗りながらため息をつき、少し前を走り出したギルモア特有の馬車を見て頭を少々乱暴に掻いた。

クルースの町の平民街にその家はあった。

みんな同じ色合いと似た形の家が並んでいるため、慣れていないと迷ってしまいそうだ。

一応昨日話を聞いた時点で、イーサンが詰所《つめしょ》へ、本日来訪する旨伝言を指示しておいた。

「すみません、ギルモア騎士団《きしだん》西部駐屯《ちゅうとん》部隊です。御在宅《ございたく》でしょうか？」

各駐屯部隊は土地の治安維持《いじ》と、いざという時の国境警備が本来の仕事であるが、災害時の対応や疫病《えきびょう》が出た際の状況把握《じょうきょうはあく》など、広い意味での治安を守る部隊でもある。

なので今回のように重大と思える病気が出た場合は、隊員の安全を確保しながらも状況《じょうきょう》確認《かくにん》と対応、領主と騎士団長への報告の義務が課せられている。

ややあって、薄く扉《とびら》が開く。この家のおかみさんであろう年配の女性が、疲れた顔を覗《のぞ》かせた。

「……はい。どうぞお入りください……」

広くはないものの、部屋の中はきちんと整えられている。

奥《おく》の部屋の扉を開けると、ベッドの上に身体を起こして座《すわ》る、十代か二十代前半くらいの男性がいた。

「お嬢様、扉の外でお待ちになりますか？」

ユーゴが確認すると、マグノリアは首を横に振った。

「リリーとディーンは、おばしゃまにお伺《うかが》いちて、持って来た荷物をお渡ちちて。しょちてお湯を大鍋に沸《わ》かちてもらって、瓶の消毒とキャベツの洗浄《せんじょう》をちておいて」

「「……畏まりました」」

何か言いたそうなふたりであったが、主人の言葉に素直に従う。

まずはユーゴとイーサンが名乗り、細かな聞き取りを行う。マグノリアのほうが時間が掛《か》かりそうだったので、先に騎士団の仕事を優先してもらった。

青年は名をパウルといった。

思ったより容体は安定している様子だが、終始暗い表情で答えている。

粗方《あらかた》終わったところでユーゴがマグノリアに目配せをしたので、頷いて口元に布を巻く。簡易マスクだ。そしてアルコールで手を消毒する。その様子を見て、それまで不思議そうに小さい子どもを見ていたパウルは顔を強張《こわば》らせ、イーサンは眉《まゆ》を顰めた。

「初めまちて。わたくちはマグノリア・ギルモアと申ちましゅ」

「……ギルモア……？　辺境伯の⁉」

目の前の子どもの正体に気づき、弾《はじ》かれたように起き上がろうとするので慌《あわ》てて押《お》しとどめる。

「体調が思わちくないのでしゅから、どうぞしょのままで。いきなりお邪魔《じゃま》をちてちまいごめんなしゃい。もちかするど、わたちが知っている病気の治療法が効くのではないかと思い、お邪魔させていただきまちた」

「……お嬢様が、航海病の治療法をご存じなんですか……？」

信じられないのだろう。うわ言のように呟く。

「あい。なので病状確認のために、しゅこち身体を診《み》しぇてもらってもいいでしゅか？」

「え……、しかし……」

困ったように視線を彷徨《さまよ》わせる。パウルとしては貴族のお嬢様に診察《しんさつ》していただくのも烏滸《おこ》がましいという思いもあるし、伝染らないと言われてはいるが、万一伝染してしまったらという恐ろしさもある。

……まして口を覆う程に抵抗《ていこう》感があるだろうに、病気で発疹《ほっしん》だらけの身体を見せてもよいものかと誤解していた。

「わたちが他の病原菌《びょうげんきん》を伝染さないよう、こうちて口を覆っていましゅ。手についたものも酒精の強いお酒で消毒ちまちたので、完全ではないでしゅが普段より安全な筈でしゅ」

マグノリアの言葉を聞いて、パウルは目を見開いた。

「え!?　……それは、俺《おれ》に伝染さないためなんですか!?」

「しょうでしゅよ？　パウルしゃんは今、身体がとても弱ってましゅから。普段は罹らないような病気にも罹ってちまうかもちれましぇんので」

マグノリアの真摯《しんし》な様子を見て、パウルは小さく頷いて了承した。

「解りました。何処からお見せすれば？」

「では、まず口を開けていただけましゅか？」

「お見苦しいですが……」

「大丈夫でしゅ」

見れば幸いに歯が抜ける程の状態ではなく、薄く血が滲《にじ》む程度の歯肉炎《しにくえん》のようだった。

続いて下瞼《したまぶた》を下げ貧血《ひんけつ》の具合と、手足の痣《あざ》や発疹――点状出血の様子を確認する。

「倦怠感《けんたいかん》や息切れ、めまい等はありましゅか？　熱が酷いとか、胸が苦しいとか。幻覚《げんかく》が見えるとか、酷い出血痕《しゅつけつこん》があるとか……何か気になりゅ症状《しょうじょう》は？」

「だるさはあります……めまいは今は治まってます。歯を磨くと血が出るのと、点状の発疹が色々なところにありますが、それ以外は特に……」

確認の限りでは、ネットで見た壊血病の初期症状のようだった。意識はしっかりしており、浮腫《ふしゅ》や酷い肌荒《はだあ》れもないので、脚気《かっけ》やペラグラの併発《へいはつ》はないと感じる。

……医師でもないのに診断《しんだん》を下すのは非常に勇気がいるが、安心させるためにも伝えたほうがいいだろうとマグノリアは腹を括《くく》った。

「わたちはお医者様ではないので、はっきりとは言えないのでしゅが、『ビタミンC』という栄養素の不足で起こる病気にとてもよく似ていると思いましゅ」

「ビタミンC……？」

マグノリアは頷《うなず》くと、食事を摂取するのは栄養を身体に取り込むためだということや、偏《かたよ》った食生活を送ると身体の調子が大きく崩《くず》れること、航海では食事内容が限られるので、長期航海になるとそういった不調が起こり易《やす》いことを伝える。

「確かに……お嬢様が仰《おっしゃ》る通り、野菜や果物は航海中、あまり食べなかったと思います」

「あい。なので、ビタミンCの多い食事を暫《しばら》く続けりぇば、初期症状なのでおそりゃく完治しゅると思いましゅ」

パウルはこれ以上大きく開かないだろうと思うくらいに目を丸くすると、次第《しだい》に瞳を潤《うる》ませた。

「……俺、治るのですか……？」

「あい。原因が目に見えるわけではないので確実にとは言えないのでしゅが、今話した病気だとするならば、栄養をきちんと摂《と》って安静にしていれば、きっと治ると思いましゅ」

マグノリアの言葉に、パウルは感情が抑《おさ》えられないように声を震わせると、ぎゅっと掛《か》け布団《ぶとん》を掴《つか》んで頭を擦《す》り付けるようにして礼を言った。

「ありがとうございます……！　ありがとうございます!!」

落ち着かせるように暫く優しく背を撫でていたが、パウルが顔を上げたところでマグノリアが確認した。

「それと、一緒《いっしょ》の船だった他の発症者《はっしょうしゃ》のことでしゅが。病状はパウルしゃんと同じような感じでちたか？」

パウルは注意深く思案する。

「そうですね……そう変わらなかったと思います……ひとりだけ、出血が多い人間がおりましたが」

「しょうでしゅか。解りまちた。……では、お大事にしてくだしゃい。何かありまちたら、騎士団にお知らしぇくだちゃい」

パウルはベッドの上で何度も何度も頭を下げ、扉が閉まるまで下げ続けた。

閉じた扉の向こうからむせび泣くような声が聞こえてくると、とてつもなく不安だったのであろうその心情を思い、三人は胸が詰まった。

そして台所へ行き、母親であろうおかみさんにも報告をする。

口に手を当て、堪《こら》えようとしているが嗚咽《おえつ》交じりの荒い息が、ここ数日の心情を表しているようであった。怖《こわ》かったであろう、とても。

「おばしゃま。病気を治しゅには食事がとても大事なのでしゅ。お薬がないので、食べ物から摂るちかないのでしゅよ。今から説明をちましゅので、覚えてもらえましゅか？」

「……はい」

おかみさんは息を整えると、真剣《しんけん》な様子で返事をした。

まずは石鹸《せっけん》で手を洗ってもらい、新しい手巾でよく拭《ふ》く。その上でアルコール消毒もしてもらう。手をよく洗うことは他の病気の予防になるとも伝え、先に煮沸《しゃふつ》消毒をして乾《かわ》かしてくれていた瓶を見せながら、木札も見せ、ザワークラウトを作る時の注意と、普段《ふだん》からこまめに手巾を熱湯で消毒することを勧《すす》めた。

「これは昨夜作ったザワークラウトでしゅ。夏場なら二日から三日、冬場なら三日から六日程《ほど》で食べれるようになりゅと思いましゅ。作り方を説明ちますね？」

昨夜と同じように説明しながら実際におかみさんに作ってもらい、作業を覚えてもらう。

その後は野菜や果物について説明する。

「たとえば、ポテト芋《いも》はきちんと火を通ちてくれていいのでしゅが、ブロッコリーやカリフラワーはさっと茹《ゆ》でるだけのほうが栄養が壊《こわ》れにくいでしゅ。スープに入りぇる際は煮《に》過ぎないように気をちゅけてくだしゃい。温野菜はサラダにちても食べ易いと思いましゅ。

オレンジやレモンと、蜂蜜《はちみつ》、塩、ハーブ、油。必要であればお酢《す》を混ぜてドレッシングを作って、絡《から》めると美味ちいし、ビタミンも摂りぇると思いましゅ」

意外に手は覚えているもので、手慣れた様子で即席《そくせき》ドレッシングを混ぜ合わせると、茹で上がった野菜に絡めた。

「まだ沢山《たくさん》は食べりゃれないでしょうかりゃ、少ちずついろんなものを試《ため》してくだしゃい。食べりゃれるようになったりゃ、レバーなども一緒に食べると滋養《じよう》にいいと思いましゅ」

思いつく限りの説明をして木札を渡《わた》すと、おかみさんは深々と頭を下げた。

また数日後に様子を見に来ると伝えると恐縮していたが、名乗るのを忘れていたのでマグノリアが詫びて名乗ると、酷く驚いて膝をつこうとするので抑えるのが大変であった。

「辺境伯《へんきようはく》家のお嬢様自らが、こんなあばら家においでくださり、見舞うどころか診察までしてくださるなんて……」

おかみさんは深々と頭を下げ、一行が見えなくなるまでそうしていた。

感染してしまうかも知れないのに危険を顧《かえり》みず対応してくれたことに、口では言い表せない程の感謝と。半ば諦《あきら》めていた息子が治るかもしれないという安堵《あんど》に、なかなか涙《なみだ》は止まらず、暫く顔を上げることが出来なかった。

＊＊＊＊＊

大陸には大小十個の中小国がある。

多国籍《たこくせき》な人々が乗船する貿易船『シャンメリー号』の本拠地《ほんきょち》は、中規模国家のイグニスという国だ。

イグニスは大陸の南部、マリナーゼ帝国《ていこく》の南東方向に位置する。ここアスカルド王国とは大分離《はな》れた場所にある南国だ。一年中温暖な……というよりは暑い気候らしく、北部では珍《めずら》しい農作物が多いため、主にそれらを他国に輸出して生計を立てているそうだ。

人懐《ひとなつ》っこい人が多いお国柄《くにがら》で、シャンメリー号以外にも多国籍の船が複数あるそうだ。

「センジツ、オハナシシマシタ。ミンナネテル。ダイジョウブ。メンカイムリネ」

聞き取り調査と面会を申し出たが、係の者だといって出て来た人は取り付く島もなかった。厄介《やっかい》ごとを避けたいがため隠すつもりはないのだろうが、ついつい警戒が強くなるのだろう。ましてや、言葉は辛《かろ》うじて通じてはいるが心許《こころもと》ない様子である。思わぬ行き違いがあって、国家間の問題になるようなことになれば……という思惑《おもわく》が透《す》けて見える。

「騎士団ではなく、個人では駄目《だめ》でしゅか？　航海病の治療《ちりょう》にきまちた」

「チリョウ……？」

そう話す幼女を見て怪訝《けげん》そうな表情をする。完璧《かんぺき》に疑っている顔であるが無理もない。案の定忙《いそが》しいとあしらわれ、さてどうしたものかと思う。

騎士団の聞き取り自体は結果を書けば、取り敢《あ》えずは役目を果たしたことになるだろう。あくまで外国の船であるから、無理にこじ開ける方が国際問題となる。

しかし治療とまでは行かないまでも、説明くらいはしたい。受け取ってもらえるならザワークラウトを渡したい。彼等《かれら》がイグニスへ帰国するまで、どれ程日数がかかるのかは解らないが……きっと航海病の発症を少しでも予防する助けになるだろう。更《さら》に、今発症している人達の具合も気になる。それはユーゴもイーサンも同じであった。

先程《さきほど》の親子を見れば一目瞭然《いちもくりょうぜん》だろう。……きっと彼等も心細く思っているに違いない。

「アレ～、コノマエノオジョウサン。ドーシタノ？」

船着場の前で困っていると、あっけらかんとした声が聞こえてくる。

声のほうを向くとにこやかな笑顔《えがお》を浮《う》かべた少年が首を傾《かし》げていた。クロードとクルースを訪れた際、一番初めに買い物をした露店の少年店員である。

「店員しゃん、この船に乗ってりゅ？」

確か、雑談時にイグニスから来たと言っていなかったか。先程対応した人間と肌《はだ》の色や顔立ちの特徴《とくちょう》が似ているので、マグノリアはダメ元で聞いてみる。

「……ウン。ソウダヨ？」

（渡りに船だ！）

マグノリアは話を聞いてくれそうな人物に行き当たり、ホッと息を吐《は》いた。

少年は、にこにこしながら一緒にいる五人にさり気なく目を走らせ、内心首を傾げる。

（騎士団……？　航海病の調査か？）

ただのお嬢様の護衛にしては、護衛騎士が大物すぎる。ギルモア騎士団西部駐屯部隊隊長ユーゴ・デュカス。かの『内戦地の英雄《えいゆう》』の一人だ。そしてその右腕《みぎうで》である若き副官イーサン・ベルリオーズ。ふたりとも剣《けん》の腕《うで》はアゼンダ辺境伯の折り紙付きな上、情報収集、分析力《ぶんせきりょく》にも長《た》けている。沢山の国の人間が集まる西部を任される、油断ならない御仁《ごじん》たち。

西部で仕事をするなら、たとえ他国の者であっても彼等を知らない者はいないだろう。

……一昨日、目の前の女の子は辺境伯の令息であるクロード氏と一緒に観光を楽しんでいた。

仲が良い様子から親子なのか、年の離れた兄妹《きょうだい》なのかと思ったが。アゼンダ辺境伯家に女子はいないという報告だったので、親戚《しんせき》の子どもなのだろうと結論づけた。が。

（辺境伯代行の御印……）

胸元《むなもと》に光るペンダントを見て、微かに目を瞠《みは》った。

幼女の顔を見れば、なぜか困ったような焦《あせ》ったような表情をしている。

「……ドウシタノ？」

「船員しゃんに、航海病の人がいりゅでしょう？　回復の手助けになる話をちたかったんだけど、さっき係の人に断らりぇて。もち可能なら伝えてあげてほちいの」

「え……？」

（航海病の治療法を知っているのか⁉）

目の前の露店店員……まだ十代半ばだろう。少年は急に雰囲気《ふんいき》を変えた。マグノリアたちは瞳《ひとみ》を瞬《しばた》かせる。

「その話、係の者には？」

取り繕《つくろ》いをかなぐり捨てて、少年は流暢《りゅうちょう》なアスカルド語で話す。今度はマグノリア達が目を瞠った。

「……伝えたけど、取り合ってもらえなかったにょ」

「それは申し訳ないことを致《いた》しました。私でよければ伺いますが、万が一にも皆様《みなさま》に感染《かんせん》してしまってはいけないので、船に入っていただくのは難しいでしょう」

「多分感染はちないと思いましゅ」

「……そうですね、経験上私もその可能性は薄《うす》いと考えます。ですが、他に病気を併発している恐《おそ》れもありますので、ご遠慮《えんりょ》いただいたほうが両国のためかと」

国を出して来られると従わざるを得ない。マグノリアはユーゴに視線を送ると、小さく頷かれた。

「解りまちた。どうちまちょう？」

「では詰所に参りましょう。宜しいか？」

「はい。申《もう》し遅《おく》れました、私はイグニス国シャンメリー商会のアーネスト・シャンメリーと申します」

露店でのフランクな雰囲気とは打って変わり、綺麗《きれい》な礼をする。

イグニス国についてよく知らないものの、身のこなしは付け焼刃《やきば》ではなく、長年使い続けられしっかりと身についていることが察せられた。

騎士団の詰所に行くと、微妙《びみょう》なにおいが漂《ただよ》っていた。

――香りでも匂《にお》いでもなく『臭《にお》い』。

「……なんだ、この臭いは」

ユーゴとイーサンが顔を顰める。

（あ〜……ドリアンの香りかぁ……）

一昨日の暴漢達が被《かぶ》ったドリアン溶液《ようえき》は、詰所の至るところにくっついたらしく、がっつりとその残り香を残していた。マグノリアがちらりと露店店員――アーネスト・シャンメリーを見ると、視線に気が付いて悪戯《いたずら》っぽく唇《くちびる》を上げた。……商人の情報網《じょうほうもう》なのか何なのか、もしかしたら現場を見ていたのか、しっかりとご存じらしい。

後から入って来たリリーは急いで手で鼻と口を覆《おお》い、ディーンはびっくりした顔をして叫《さけ》んだ。

「くっさ！」

詰所の騎士は虚《うつ》ろな目をしながら説明する。

「部隊長……一昨日、刃傷沙汰《にんじょうざた》の乱闘《らんとう》を止めるのに『ドリアン』って臭ぇ果物を投げやがった奴が居たんですよ……」

これでも拭きまくり空気を入れ替《か》えてマシになったのだと、騎士は大きくため息をつく。

マグノリアは何気なく、すいっと視線を逸《そ》らすと。何故《なぜ》かジト目のユーゴと目が合った。

（おぉ……バレてる⁉）

詰所の奥にある応接室に入ると、アーネストとマグノリア、ユーゴが椅子《いす》に座った。

イーサンはユーゴの後ろに立ち、ディーンも視線を左右に揺らしながらマグノリアの後ろに立つ。リリーはお茶の用意をすると壁に控《ひか》えた。

「私はギルモア騎士団西部駐屯部隊隊長のユーゴ・デュカスと申します。出来ましたら航海病患者の状況をお聞かせ願いたく」

アーネストは頷き、イグニス国の商会の船団であり、ひと季節程航海をしていること。罹患者《りかんしゃ》はアゼンダ辺境伯領のパウル、マリナーゼ帝国出身者二名、イグニス出身者三名の計六名であると説明した。

「パウルの話では、同じような症状の方が多く、一名だけ重い症状の方がいらっしゃるとのことでしたが」

「はい。一週間程前に症状が出始め、停泊《ていはく》していた船に隔離《かくり》することに致しました……パウルに関しては本人とご家族の希望で帰宅し、念のため、外出はせず家に居るようにと約束を致しました」

マグノリアは地球なら有り得ない対応に小首を傾げるが、ユーゴもイーサンも特に何も言わないため、この世界では極々普通《ごくごくふつう》の対応なのだろうと納得《なっとく》することにした。

「もう数日様子を見て伝染しないことが確定した時点で、騎士団にご報告する予定でおりました。ご報告が遅れまして大変失礼いたしました」

アーネストは頭を下げる。

「……解《わか》りました。ご協力ありがとうございます。何か変化や問題がございましたら、遠慮なく騎士団へご連絡《れんらく》下さい」

そう言うとユーゴはマグノリアに話のバトンを渡して席を立ち、詰所の周囲を確認《かくにん》するように窓の外を覗き込《こ》んだ後、アーネストの後ろへ立った。

……人は表情は取り繕えるが、背中に滲む気配まで取り繕うことは難しい。悪い少年ではなさそうだが正体が不明である以上、警戒するに越《こ》したことはないだろう。領主家の人間が絡むのなら尚《なお》のことだ。また彼が要人だった場合、万が一の際にはその身柄《みがら》を守る必要もある。……そして何よりも、おかしな幼女であるマグノリアの様子もじっくりと確認したかった。

諸々含《もろもろふく》んで副官であるイーサンを見れば、何を言わずとも、了承と視線を返して来る。

「改めまちて、マグノリア・ギルモアと申ちましゅ。早速《さっそく》でしゅが、航海病に有効と思われりゅ食事療法《りょうほう》にちゅいてお話ち致ちましゅ」

みんな改まった話し方のため、マグノリアもそれに倣《なら》う。

幼女が大人のような口調で語り始めたので、リリーとディーン以外は目を瞬かせた。

今迄《いままで》と同じように病気の原因と思われる食事のこと、改善するために必要であろうと予測されること、素材の種類と調理方法。

アーネストは口を挟《はさ》まずに、ひとつひとつを吟味《ぎんみ》するように聞いていた。

「……確かに。男所帯なので果物や野菜はどうしても後回しになります。特に果物は売り物を積んでおりますので、売ろうとは思っても食べようとは思わなかったです」

「さっき仰ったように、他の病気も併発ちている可能性もありましゅが、気になる点はありましゅか？」

アーネストはマグノリアに問われ、船員の状態を慎重《しんちょう》に吟味しているらしく、金色の瞳を伏《ふ》せて暫《しば》し考えていた。

「……いえ……航海病には幾《いく》つか種類があるようで、酷《ひど》く浮腫《むく》む者や肌の尋常《じんじょう》じゃない荒《あ》れなどが起こる事などもあります。今回は発疹や出血の多い航海病のようだと、同行している医師は言っていました」

「なりゅほど……」

やはり過去には、脚気やペラグラも発症したことがあるらしいと推測される。

「しょうでしゅか……それりゃも多分、他の栄養素が欠乏《けつぼう》ちて発症ちたものだと思いましゅ。まんべんなくバランスの良い食事を摂っていりぇば、航海病という病気の発生は少なくなる筈でしゅ」

アーネストはほっとしたように小さく息を吐くと、マグノリアに改めて礼を言う。

「貴重な情報を感謝致します。他に何か気をつける点はありますか？」

「しょうでしゅね。やはり衛生管理を心がけりゅと他の病気も罹り難《にく》くなりゅかと思いましゅ。今回航海病を発症ちている方々も、食事だけでなく清潔を心がけりゅと良いかと思いましゅ。それと、先程の食品以外に、リンゴを積極的に摂っていただくと良いかと」

「リンゴ……？」

リンゴ自体にビタミンCはあまり含《ふく》まれていないが、リンゴポリフェノールがビタミンCの吸収を格段に増幅《ぞうふく》する効果があるのだと、美容マニアであり製薬会社に勤めていた友人が言っていた。変色の原因物質であるポリフェノール酸化酵素《こうそ》は、空気に触《ふ》れることで作用し、酸素とタンニンを結びつけて化学反応を起こす。

……それがいわゆる酸化なのだが。友人に言わせると（マグノリアにはよく解らなかったが）、ポリフェノールにはビタミンCの吸収効果をかなり高める効果があるそうなのだ。

暑い国ということから、多分リンゴは生産していないだろう。念のために伝えておく方がよいだろうと考えた。

「後、桃《もも》や皮ごと食べりぇるブドウがあったりゃ、それも良いかもちれましぇん」

ポリフェノールは沢山の種類がある。有名どころでは赤ワインに多く含まれると言われているが、皮に多く入っているのだろうと推測出来る。現代の地球には、種もなく皮ごと食べられるブドウが沢山あるが……この世界ではどうだろうか？

「しょれと、ザワークラウトの作り方なんでしゅが……」

「それは聞くのは止めておきましょう」

アーネストは首を振りマグノリアの話を遮《さえぎ》った。

「今まで伺った情報で充分《じゅうぶん》です。航海病は沢山の国と人間が解決したいと思っている病気のひとつです。貴重な情報をお持ちなのですから、それは貴女《あなた》が有効に活用すべきです」

「……でも、命が……」

「だからこそです。ここまでの対応や話などから、多分何かしら領政なりに活《い》かす方法をお考えですよね？」

「まあ……」

アゼンダ辺境伯の農作物の活用と、スラム街の人々の生活向上を一緒に解決しようと画策はしている。……してはいるが。

（この子、まだ若いのにすげぇな……どこでそんなの察する会話があった？）

マグノリアは愛想笑《あいそわら》いを浮かべながら、目の前の少年の底の知れなさに警戒を強める。

アーネストは彫《ほり》の深い綺麗な顔立ちに、人の良さそうな微笑《ほほえ》みを浮かべた。

「では、一日も早く取り組まれることを願っております。今回、作り方は教えていただきませんが、現物は購入《こうにゅう》させていただきたいと思います。今後もこちらに寄りました際は、購入をお約束いたします」

そうして、数日後にザワークラウトと代金の引き渡しと罹患者の様子の報告を再度受けることを約束してもらい、不思議で得体のしれない少年との話は終わりを告げた。

「……どうちて、片言で話ちていたのでしゅか？」

最後にと言って、マグノリアは疑問をぶつける。ユーゴとイーサンも聞き耳を立てているのが解る。

「ああ。話せると知れると、色々厄介ごとが増えるのですよ……言葉が解らないフリをしたほうが、都合が良いのです。トラブル回避《かいひ》ですよ」

困ったように笑って肩《かた》を窄《すぼ》める様子は、年相応の男の子に見えた。


荷物が多いので船まではということで、恐縮《きようしゆく》するアーネスト自身と、彼等に渡すために持参した野菜や果物、ザワークラウトを船着場まで馬車で運ぶ。

馬車の中では、お互《たが》いに軽い身の上話をする。

アーネストはまだ十五歳《さい》で、商会頭の祖父の手伝いで各国を船で回っているのだという。

イグニスは熱帯の国であること。一方のマグノリアはアスカルド王国の王都で産まれたこと。つい一週間程前に、家の都合で祖父の家に居候《いそうろう》することになったことを語った。

……お互い、どれだけ事実を話しているのかは解らない。マグノリアにしても、大筋は間違《まちが》っていないが、家の都合というよりは自分の都合で飛び出し、行きがかり上辺境伯家に転《ころ》がり込んだといったほうが正解であろうからして。

身のこなしから見て、アーネストは平民ではなく貴族であるのは間違いないであろう。若くしてこれだけ外国語を流暢に話せるということは、多くはその言語を使うであろうことを想定して育てられているはずだ。

シャンメリー商会がどういう商会なのかマグノリアには解らない上に、本当に商会の人間なのかも解らない。平民のフリ――そう明言してはいないが、あの話し方と仕草の数々は平民としてのものだろう――どうしてそうしていたのか、どういった理由かは解らない。

（こりゃ、早急《さっきゅう》に相談だよなぁ……何故か怒《おこ》られる予感がモリモリなんだけど……）

セルヴェスはともかく、クロードが眉間《みけん》に立派な渓谷《けいこく》を作ってマグノリアを睨《にら》み下ろす姿が容易に想像出来て仕方がない。

（人助けをしたはずが、なんか変なことに行き当たったっぽいんだよねぇ）

船着場へ着くと、アーネストは礼を言って馬車を降り、近くの人間に声をかけている。

先程対応した人が転がるように出て来て、何やら話している様子から、どうも事の顛末《てんまつ》を説明しているようだ。持参した荷物は、船乗り達《たち》によってどんどん運ばれていく。どうか効果がありますようにと、全員が祈《いの》るように見つめる。

「ギルモア嬢《じょう》、本当にどうもありがとうございます。心遣《こころづか》い感謝致します。それではお申し付け通り、お支払《しはら》いと状況《じょうきょう》報告はまた後日に」

挨拶《あいさつ》をするために小走りで近づいて来ると、綺麗な笑顔で優雅《ゆうが》な礼をとった。

それが、砕《くだ》け過ぎた格好とちぐはぐ過ぎて、おかしくもあり芝居《しばい》じみてもいて、なんとも不思議な感じであった。

「マグノリア様、お疲《つか》れではないですか？」

流れる景色を眺《なが》めるマグノリアに、リリーが気遣《きづか》わし気《げ》に口を開く。

馬車に揺《ゆ》られコクリコクリと船を漕《こ》いでいたディーンは、はっとして顔を上げた。

「昨日は遅くまでお仕事をちてもらったから、ふたりとも疲れてりゅよね。申ち訳ないけど、もう少ち我慢《がまん》ちてね」

町への移動に護衛が付くようなら、なるべく騎士達《きしたち》に手間を掛けさせないほうがよいだろう。こちらへ出るついでに必要なものを揃《そろ》えておこうと考える。

追加でキャベツと、大きな蓋《ふた》つきのかめ、塩を買う。作り方を教えないとなると、多めにザワークラウトを作って渡したい。木樽《だる》も考えたが、瓶《びん》か陶磁器のほうがネズミに齧《かじ》られることもないだろうと、手頃《てごろ》なかめにすることにした。

同時に露店《ろてん》を回って、アセロラや、ビタミンCの多そうな果物も探す。

正式な名前も解らない上に、有るのか無いのかも解らないものを探すのは思ったよりも困難で、見つけられないまま時間ばかりが過ぎた。

「オー、コノマエノオジョーサン！」

きょろきょろと露店を見回せば、例のドリアンを売っていた店員に声を掛けられる。

マグノリアまでもが片言で返すと、何かを察知したらしいユーゴが咳《せき》ばらいをしてマグノリアを見つめていた。

「……ドウモ」

「コノマエハスゴカッタネ！　キョウハ、オトウサンハイッショジャナイノ？」

「……先日の連りぇは叔父《おじ》でしゅ。あの、『アセロラ』っていう果物、知ってりゅ？」

「アセロラ？」

確認するように繰《く》り返す店員に、マグノリアは頷く。

「あい。甘酸《あまず》っぱくて、暑い所で採れる、身体によい、このくらいの大きしゃの……」

そう言いながら、指で丸を作る。

もしかすると、現地では違《ちが》う名前で呼ばれているのかもしれないともつけ加える。

「ン〜〜？　『チェリー』カナ？」

店員さんは首を傾げながら言う。

（多分、チェリーじゃないと思うな……）

とはいえ実際に見てみないと解らないのも事実だ。それであればいいのだが。

「もちあったら、欲ちいのでしゅが」

「オーケー！　ジキニナッタラシイレルヨ！」

陽気な店員さんは、快く引き受けてくれた。

その後、果物を扱《あつか》う露店を隈《くま》なく探してみたが、やはりそれらしいものは見つからず、要塞《ようさい》に戻《もど》ることにしたのであった。


「リリー。多分数日クルースに居りゅことになるけど、宿を取ったほうがいいと思う？」

いきなりやって来た辺境伯家の人間を持て余すだろうかと、ちょっと思うのだ。

かといってわざわざ宿に警護がつくようなら余計な手間になる。

「まあ、歓迎《かんげい》されているかどうかは解り兼《か》ねますけど……クロード様から正式に書面が出ておりますから、警護をお付けになるでしょうし。要塞の客間にいるほうが彼等には都合がよいかと思いますが」

「しょうだよねぇ」

町を歩き回ってすっかり疲れたらしいディーンは、既《すで》に夢の中だ。

「まあ、少ち様子を見ようか……」

窓の外、相変わらず曇《くも》っている空の下、馬に乗り背筋を伸《の》ばして警護をするユーゴとイーサンを見て呟《つぶや》く。

曇り空《ぞら》の切れ間からは、青い空がのぞいていた。

その頃《ころ》、一騎《いっき》の馬が西部駐屯部隊の要塞に向かって走っていた。

＊＊＊＊＊

要塞に帰ると、昨日見送った護衛騎士《きし》が門の前で待っていた。

要塞の中には入らず、辺境伯家の馬車と馬に乗るユーゴとイーサンが見えたので、そのまま到着《とうちゃく》を待っていたようであった。

「……本部の騎士はお前だけになったわけじゃないんだよな？」

ユーゴが微妙な表情で毎日やって来る騎士を見遣《みや》る。護衛騎士は泣きそうな顔でグッと息を詰《つ》めると、ガックリと頭を垂れた。

「部隊長からも言ってやって下さいよ……違う人間を寄越《よこ》せって」

「俺から言うと、お前が粗相《そそう》したみたいになるんじゃないか？」

もっともな忠告にため息を呑《の》み込んで、イーサンへと向き直る。

「……こちら、調査部よりベルリオーズ卿《きょう》への報告書だそうです」

そう言って封筒《ふうとう》を差し出す。右手に馬を引くイーサンは小さく頷いて受け取った。

次に馬車の窓に向き直り、騎士達のやり取りを見ていたマグノリアに向かって礼をする。

「こちらはお嬢様宛《じょうさまあて》に……クロード様からです」

送り主を聞いて、封筒からお説教が漏《も》れ出る気がして、マグノリアもげんなりとする。

「…………あいがとうごじゃいましゅ。こちりゃもお兄ちゃまにお願いがあって手紙を書こうと思ってまちた。お時間に問題がないなりゃ、少し待っていてほちいのでしゅが」

「…………………。わかりました」

騎士はたっぷりと間を取った挙句、無念ともいうべき表情を浮かべ、再び頭を垂れた。

直《す》ぐに帰ろうと思っていたのだろう。ぼやぼやしていると、ユーゴはともかくイーサンから文句を言われるのを察しているのだ。

部屋に戻り、マグノリアは取り急ぎ手紙の封《ふう》を切る。

中には几帳面《きちょうめん》な字で、騎士達に迷惑《めいわく》をかけないこと、一人で出歩かないこと、セルヴェスが無事王都に着いたと連絡があったこと、状況に目途《めど》がついたら概要《がいよう》を知らせるようにと書かれていた。また、先日の試算表はどういう人間を使うつもりかによって人件費の算出が変わるので、併《あわ》せて知らせるようにとも書いてある。

……口煩《くちうるさ》いのはいただけないが、なんだかんだで小さな姪《めい》っ子を心配しているらしく、投げられるように依頼《いらい》された試算表にも取り組んでくれるようだ。

マグノリアは注意については『存じております』の一言で終わりにし、パウルに実際に会い食事療法を始めたことや、商船の五人について聞いた知る範囲《はんい》の内容を書き記す。試算表は他で仕事をするのが難しいような者や老人、子どもなどの本当に生活に困窮《こんきゅう》している人間を優先的に雇《やと》いたい旨《むね》を書いた。

更に、イグニス国のシャンメリー商会とその家族や背後についても調べて欲《ほ》しい旨をつけ加える。また、イグニス国で『アーネスト・シャンメリー』という名前に聞き覚えはないかも書いておくことにした。

（そんなに盛《さか》んな国交があるのか解らないけど、大物だったら多分引《ひ》っ掛《か》かるでしょう）

ついでにシャンメリー商会のアーネストに商売にしたほうがよいと言われ、先日の試算表は元々事業企画《きかく》であること、取り敢えず商品を売って欲しいと言われたが、どのくらいで売ればいいかの助言も欲しいと記しておく。

（わーん、怒られませんように！）

中身は十四歳も違うはずなのに。圧倒的《あっとうてき》強者である年下（中身は）の叔父に、心の中でジャブをお見舞《みまい》しておく。


一方、部隊の執務室《しつむしつ》では、副官手ずからお茶を淹《い》れ早馬の騎士の前に置いた。

「昨日も一昨日も、さっさと帰るから話を聞けなくてね……まあ、お茶でもどうぞ」

まるで自白剤《じはくざい》でも入れてあるようなこれっぽっちも笑っていない笑顔の圧を受け、騎士は顔を引きつらせては、ゴクリと唾《つば》を飲《の》み込む。

（ひー！　何で自分がこんな目に……!!）

全くもってタイミングが悪い自分の運を呪《のろ》う。

いつもいつもそうなのだ。騎士団《きしだん》の試験の時には足を挫《くじ》き補欠合格（なんとか滑《すべ》り込んだ）、入団式には熱を出し欠席。入団してからも大事な時には何かが起こる。

……最近は落ち着いていると思ったら、先日お嬢様《じょうさま》の護衛にたまたまあたり、そうしたら危《あや》うく隔離されそうになり。そのせいでここ数日は何度となく領都と西部を往復させられている。居合わせた流れで伝令に行き来する羽目になったのだが、今日は廊下《ろうか》を歩いていたら手紙を持った調査部長に遭遇《そうぐう》し、西部駐屯《ちゅうとん》部隊に持参するように言われ。クロードには何故か直々に声掛けされ、何かと思えばマグノリアへの手紙を渡された。

……別に伝令は嫌《いや》ではないが、こうも続くと何なのかと思う。いつものタイミングの悪さがなにやら悪いものを引き付けているのではと、ついつい邪推《じゃすい》してしまう。

（それに、お嬢様だ……！　関わる度《たび》にこう、話がどんどん大きくなって行っている気がする!!）

そのうちがっつりと、身動きが出来なくなりそうな程関わるようになる予感がして怖い。

そして、目の前の副官も不穏《ふおん》な空気を放ちまくっている。

「……で？　君は何を知っているの？」

イーサンは綺麗な緑色の瞳を細める。……さも知ってる風に言っているが、問い詰められている彼は何も知らなければ見当もつかない。慌《あわ》てて首を横に振《ふ》る。

「何も知りません!!　本当です!!」

「でも、僕達《ぼくたち》にお嬢様のこと隠《かく》していたでしょう？」

「あれは、こちらに来るのが幼児だと解ったら……お怒《いか》りになるのではと思い、つい濁《にご》しただけです！」

本当です！　と叫ぶ騎士に、確かになとユーゴは思う。

目の前の騎士が嘘《うそ》を言っているようには見えない。多分真実だろう。

……普通《ふつう》、幼児が大人顔負けに理路整然と話すとも思わなければ――赤ちゃん言葉だが
――まさか、誰《だれ》も知らない筈の航海病の情報を本当に持ってくるとは思わないであろう。

パウルや母親、アーネストという外国人に対する対応もきちんと出来ており、とても小さな子どものそれとは思えなかった。

不思議かつ不自然極《きわ》まりない存在。

「……お嬢様はセルヴェス様かジェラルド様の隠し子なのか？」

ユーゴの言葉に騎士は目を瞬かせる。

「いや、ジェラルド様の嫡出子《ちゃくしゅつし》らしい」

騎士ではなく報告書を読んだイーサンが答えながら、ユーゴにマグノリアについての書類を差し出す。

「……嫡出子って、正式な？」

ユーゴは信じられないといった様子でイーサンと騎士を見る。

「何故お披露目《ひろめ》していない……？　それならば、未来の王妃《おうひ》候補だろう」

「さあね。領都の騎士団本部でも解らないみたいだよ。なんせ一週間程前に、団長と副団長がギルモア侯爵家《こうしやく》から預かってきたらしい」

セルヴェスとクロードはマグノリアの存在を隠すつもりはないが、何より移領してまだ一週間。お披露目の件も、いつ頃《ごろ》すればよいのか話し合いをしている最中だ。

「……体調が悪いようには見えないな」

お披露目が遅れる理由を推測して、ユーゴが首を捻《ひね》る。イーサンはそんなことはどうでもよいとばかりにため息をつく。

「辺境伯家は西部駐屯部隊の何かを探《さぐ》ってるの？」

イーサンがズバリと核心《かくしん》をつく。が、問われた騎士は不思議そうな顔をして首を傾げる。

「は？　探る？」

「だから、小さい子どもを使ってまで、油断させてありもしない何かを探ってるのかって聞いてるんだよ」

「違います！」

今までとは打って変わったように、騎士ははっきりと否定の言葉を口にした。

「お嬢様は、航海病についてご自分の知っている知識が役に立つかもしれないと、大人達の反対を押《お》してこちらにいらしているのです。たまたま話が出た時に、自分が護衛をしており、話を聞いておりましたので間違いございません」

イーサンは訝《いぶか》し気に騎士を見る。今までおどおどしていた騎士の姿はなく、真《ま》っ直《す》ぐに上官であるイーサンを見つめた。

「お嬢様だけではありません。従僕《じゅうぼく》の少年も、小さいながら自ら家族を説得して付き添《そ》っています。侍女《じじょ》の方も伝染《でんせん》するか解らないのにもかかわらず、自らお嬢様に付き添うと言って同行されているのです。そもそもこちらにいらっしゃることになったのは、全く偶然《ぐうぜん》のことです。そのような意図はないかと思います」

マグノリアが領都に外出中に、西部駐屯部隊から領主館に航海病発生の知らせがきた。前日にクロードとマグノリアがクルースへ出掛《でか》けており、大事を取って隔離《かくり》を、というのが始まりだった。

イーサンが疑うような話はあるはずもなく、そんな指示もなければ、マグノリアはともかく、善良を絵に描《か》いたようなお付きのふたりにそんなことは出来ないだろうと騎士は思う。

「クロード様もセバスチャンさんも、三人がここへ来ることをとても心配しています。万一があったらと……王都に出られているセルヴェス様に知れたら、どうなることか……」

孫を溺愛《できあい》するセルヴェスを思い出し、騎士は背筋が凍《こお》る。

孫娘《まごむすめ》が身の危険を冒《おか》してまで（伝染《うつ》らないと確証がないのでそう思うだろう）行動しているのに……締《し》めあげられるだけでは済まないだろう。

ユーゴは意外に愛情深いセルヴェスに、そうだろうなと同意するが、イーサンはいまだに納得がいかないらしく、形良い唇を引き結んでいた。

そんな中、扉《とびら》をノックする音がする。

ユーゴのどうぞ、と言う声の後に入って来たのは噂《うわさ》の張本人であるマグノリアだった。

「……ん？　にゃに？？」

朱鷺《とき》色の瞳の前には、尖《とが》った瞳と必死な顔、そして疲れたような背中があった。

ちょっと不思議な空間だが、この前のように入室を拒《こば》まれている風でもないので用事を済ませようとちてちて歩き、不憫《ふびん》な騎士に向かって手紙を差し出す。

「不……騎士しゃん、これお兄ちゃまにお願いちましゅ……後、騎士しゃんばかりじゃなくて、他の人にも伝令を頼《たの》むように書いておいたね？」

「お嬢様……!!」

殊《こと》の外《ほか》感激され、ちょっと引く。伝令ばかりさせられ、隔離もされそうになったし、災難と言えば災難なことであると、奇行《きこう》（？）にもマグノリアは納得する。

「お邪魔《じゃま》だろうから、失礼しましゅ」

「お嬢様、ちょっとお聞きしたいのですが」

ユーゴはここ二日程《ほど》の様子から、きちんと自分で考えた上で行動と発言が出来ているらしいお嬢様に聞くことにした。言ってはいけない範囲は自分で判断出来るのだろう。

みつめる先に立つ小さ過ぎる姿に、全くもって信じられないがと心の中で呟きながら。

「……お嬢様はギルモア家のジェラルド様とウィステリア様のお子様なのですか？」

「しょうでしゅよ？」

それが何か？　と言わんばかりの様子に、三人は毒気を抜《ぬ》かれた。

「……何故辺境伯《へんきょうはく》領へ？」

「うーん……居候でしゅね」

「居候……」

ユーゴは目を瞬かせる。おおよそ侯爵令嬢《こうしゃくれいじょう》からそぐわない言葉が飛び出してきた。

さて、何処《どこ》まで話したものかと、質問を受けたマグノリアは思う。

大方、イーサンが何かごねているのだろう。今もなにやら険しい顔をしてマグノリアを見ているのだ。

短い間逡巡《しゅんじゅん》して、面倒臭《めんどうくさ》いから話せることは話しておくほうが良いだろうと判断する。

「お父しゃま……ギルモア侯爵は、政治的な判断かりゃ、わたちの存在を隠ちたのでしゅ。

理由なんかは聞いていにゃいので、詳ちく知りたかったりゃ直接ギルモア侯爵に聞いてくだちゃい。侯爵夫人は役に立たない女児には興味がなかったみたいでしゅよ？　こっちも詳ちくは解らないので本人にどうじょ」

「「「…………」」」

聞いたとて、話してくれるかどうかは解らないが。マグノリアは心の中で付け加えた。

「……体調は宜《よろ》しいのですか？」

言い辛《づら》そうなユーゴに、お披露目の件か、と思う。

「ピンピンちてましゅよ。お披露目をちていないのも先程《さきほど》の政治的な理由からなのでちょう。今後遅れてすりゅのかちないのかは解りましぇんが、その辺は両家ですり合わせるか、おじいしゃまの判断になるのかと思いましゅ」

黙《だま》ってマグノリアの一挙手一投足を窺《うかが》っている様子のイーサンを見る。

「しょの辺は多分デリケートな問題でしゅ。それはわたちがギルモア家の女児だからでしゅ、解りましゅね？　領主家の意向が定まらないうちに外へ漏らしゅのはやめてくだちゃい。まあそんなこんなで、実家が窮屈《きゅうくつ》だったので、存在を知って会いに来てくれたおじいしゃまとお兄ちゃまの家で暮らすことになったんでしゅ」

聞きたくないと言うような表情で、護衛騎士は両耳を塞《ふさ》ぐ。気持ちはわかる。

「後、何か聞きたいことはありましゅか？」

「こちらの調査をされているのですか？」

イーサンは思いっきり切り込んだ。マグノリアは首を傾《かし》げる。

「……隠すようなことをちているのでしゅか？」

「してません！　だから探っても無駄《むだ》なので聞いているのです」

イーサンとユーゴ、両方の顔を見る。

（いや～、私の知識について聞かれなくて良かったよ）

マグノリアはほっとしながら口を開く。そちらのほうが説明し難い……いや、出来ないのだから。

「なりゃ、堂々とちていたりゃ良いでしゅ。第一、ふたりが怪《あや》ちんでたらそんなまどろっこちい方法は取りゃないのでは？　一気に来て一気に締めあげられて終わりでしゅよ」

たとえ的な意味でも物理的な意味でもと付け加える。確かにと三人も思う。

「警護的な意味でここに居たほうが良いかと思いまちたが、そんなに気になるようなら外に宿を取りましゅよ。見張っているのに都合が良ければここに居ましゅが……取《と》り敢《あ》えずパウルの様子が一段落するまでいりゅ予定ですので、数日は西部に滞在《たいざい》予定でしゅ」

「……いいえ、それには及《およ》びません。言い辛いこともありましたでしょうに、率直《そっちょく》に答えていただきましてありがとうございます」

ユーゴはイーサンに目配せし、話を収めることにしたらしい。

マグノリアも頷《うなず》いて了承《りようしよう》する。

やれやれ。

マグノリアもユーゴも護衛騎士も、そう思ってため息をついた。


それから三日間程マグノリア一行はゆっくり過ごした。

疲れた身体を休めるためにたっぷりと昼寝《ひるね》をし。夜使う人が居なくなった調理場と食堂で完成時期が少しずつずれるよう、毎日大瓶《おおびん》をひとつずつのザワークラウトを作り。ディーンに勉強を教え、リリーとふたりでパッチワークをする。リリーはだいぶ腕《うで》を上げたようで、すいすい縫《ぬ》っては仕上げて行く。流石《さすが》、内職で鍛《きた》えた腕は伊達《だて》ではないようだ。

その間、パウルからもシャンメリー号からも知らせはなかったので、劇的な変化はないか様子をみているかなのだろうと判断した。

――昔調べた時には、意外に早く改善すると書かれていたと思うが、如何《いかん》せん調べたのはだいぶ前のことだ。記憶《きおく》もあやふやになっているかも知れない。ましてや薬もなく完璧《かんぺき》に食物の栄養頼《だの》み。全快まではある程度の日数が掛かるであろうことは予想がつく。

（ネットがあったら凄《すご》い楽なのになぁ……）

詮無《せんな》いことだが、ついついそう思ってはため息をつく。

あんまりにも暇《ひま》なので、三人で部屋をピカピカにする。

寮母《りょうぼ》さんに雑巾《ぞうきん》を借り、窓ふき競争をしたり、部屋の隅《すみ》に転がる綿埃《わたぼこり》の大きさを比べたりして気晴《ば》らしをする。一番大きいのは小箱に入れ、『この部屋にあった一番大きい埃《ほこり》で賞』と書いた紙を挟んで、飾《かざ》り棚《だな》に飾っておく。

……イーサンへのちょっとした意趣《いしゅ》返しだ。

気を使ったユーゴが観光に案内すると提案してくれたが、今回はあくまで治療《ちりょう》で来ているからと断る。リリーとディーンにはせっかくなので行って来てはと言ってみたが、マグノリアの気持ちを汲《く》んでか、イーサンの今までの様子に鑑《かんが》みてか、やはり断っていた。

途中《とちゅう》でクロードから伝書鳩《でんしょばと》ならぬ伝書鴉《でんしょがらす》がやって来た。訓練中のユーゴの腕にとまる。

騎士達が訓練する横で自主練をしていたマグノリアとディーンへユーゴが歩み寄ると、鴉《からす》から手紙を外して渡《わた》してくれた。

（おじい様の到着確認《とうちゃくかくにん》がやけに早いと思ったら、これかぁ）

了承した旨と、解り次第《しだい》知らせるが、事を日に日に大きくしないようにと書かれていた。

何故か大きなため息が聞こえるようだが、こちらとて面倒《めんどう》は全く以《もっ》て起こしたくないのだ。手紙を読んでマグノリアが口を尖らせると、ディーンとユーゴが苦笑いした。

ユーゴは小さいお嬢様に感心を通り越して感嘆《かんたん》をしていた。

あの後彼《かれ》も報告書を読んだが、知ることが少ないためか殆《ほとん》ど推測が書かれていた。

――存在を秘され、挙句遠くの祖父に引き取られるということは、実家ではあまりよい扱いを受けていなかったのではないか、と。

驚《おどろ》いたことに、本当に辺境伯家でもつい最近まで、不思議な幼女の存在を知らなかったらしい。たまたま隠密《おんみつ》を得意とするガイが見つけ、存在を報告したそうだ。その事実からも存在を厳重に秘されていたことが解る。

つい先日四歳になったそうだが、話した様子からきちんと自分の置かれた現状を理解していることに驚き、それでも挫けないというかめげないというか……明るさと強さに驚かされる。流石にイーサンも、辺境伯家の人間から言い含められて西部に来たという認識《にんしき》を改めた様子だった。お嬢様の言動を見る限り、操《あやつ》られてここに居るとは思えないという考えに至ったのだろう。

――果たして操れる人間はいるのか。

本人は一応周りの状況や考え等を汲んだ上での行動なのだろうが、こうと思ったが最後、周りを巻き込んだ上で爆走《ばくそう》して行きそうである。

流石はギルモア家の人間である。良い意味でも悪い意味でも。

話している時の言葉の幼さを除けば、まるで大人と話している気がして仕方がない。

昨日は部下のことでひと悶着《もんちゃく》あり、ため息を呑み込んだところを運悪く見られたようで、同情のような憐《あわ》れんだような、はたまた共感のような視線を向けられた。

次の食事の時に、寮母から『お嬢様から部隊長にだよ』と言ってうさぎさんリンゴという、飾り切りのリンゴがつけられていた。

（うさぎ？　……に見えなくもないが……）

厳《いか》ついオッサンと可愛《かわい》らしい飾り切りのリンゴという組み合わせが、深読みすると悪意を感じるような気もするのは気のせいなのか。

（……なかなかどうして）

可愛い見た目に似合わず、パンチが利《き》いたお嬢様なのだ。

尖った耳らしき皮と白い体の部分をまじまじと見て、まるで毛を刈《か》り取られた後みたいだなと思い、苦笑いしながら齧る。

シャクっとした歯触《はざわ》りと、爽《さわ》やかなリンゴの匂《にお》いに思わず顔が緩《ゆる》むのを感じた。

食堂が一杯《いっぱい》でない限りは、マグノリアはリリーとディーンと三人で端《はし》っこのほうで食べることにしている。片付けの問題もあるのだが、イーサンが見張り易《やす》いだろうという配慮《はいりょ》と、駐屯部隊の騎士たちの様子を確認《かくにん》するためである。

何処にだって不満や文句はつきもの。それは上が頑張《がんば》ろうが下が頑張ろうが、他人が寄せ集められている限り不満がなくなるなんてことはないのだ。改善可能なものは、小さいうちに摘《つ》み取って対応した方が楽に早く解決する。

モグモグと小さい口を動かしながら食べていると、色々と囁《ささや》き声が聞こえてくるものだ。

……とはいえ、何だかんだで上手《うま》く運営されているらしい。西部駐屯部隊はとぼけたふりをした苦労人である部隊長が、なんだかんだできちんと掌握《しょうあく》していると感じられた。

そして端の方で食べていると、同じくらいの子どもがいるのであろうおっさん騎士達が、入れ替《か》わり立ち替わりでお菓子《かし》などを持って来ては差し入れてくれる。こちらはお礼と笑《え》顔《がお》を添えておく。スマイル零円《ぜろえん》だ。

ある時は年を聞かれたので四歳、と言いながら指を折ってみせる。お上手ですね！　と褒《ほ》められ苦笑いすると、離《はな》れた場所でこちらを窺っていたらしいユーゴとイーサンも苦笑いをしていた。彼等《かれら》にはすっかり幼女の皮は脱《ぬ》げているので、幼子扱いされていることも、敢えて幼児を演じている様子も面白《おもしろ》いのだろう。

そんなこんなで、西部に来て六日目の昼食の時だった。

来客があり都合のよい日時を聞いていると騎士が伝えに来た。相手がよければこれからでもと伝え、空《あ》いている会議室があれば案内をしておいてほしいと伝える。

本来は応接室へ迎《むか》えるべきであろうが、間借りしている身だ。ユーゴとイーサンに瞳《ひとみ》を向けると、あちらも頷いている。来客とはアーネストであろう。

急いで食事を済ませるべく猛然《もうぜん》と口に入れて咀嚼《そしゃく》していると、早々と食べ終わったふたりが呆《あき》れたような顔をして隣《となり》に座《すわ》る。

「……一応お嬢様なんですから、ゆっくり食べたらいいですよ。ほっぺたがパンパンじゃないですか」

「お残しは許されにゃいのでしゅ！」

「何の格言なんですか……」

某忍者《ぼうにんじゃ》アニメの。そう言いそうになり、パンと一緒《いっしょ》にごっくんする。

「我々が先に行ってお相手していますから。ゆっくり身支度《みじたく》してから来てください」

仮にも侯爵令嬢なんだから、という声が見え隠れする。

（すんませんねぇ……）

リリーとディーンも追従すべくペースを速めるが、彼等は歴《れっき》とした貴族で、マグノリアは気分は平民である。圧倒的速さで食べ終わると、お茶を飲んで寮母さんに挨拶をしに行き、再びふたりのもとに戻る。

「ゆっくり食べていいかりゃ、食べ終わったりゃ、ザワークラウトを持ち出せるように確認ちておいてね？　後、見本用の小瓶《こびん》とお皿、フォーク数組を持って来てほちいの」

そう言い、丁度会議室の場所を伝えに来た騎士と一緒に向かう。

リリーとディーンはモグモグしながら頷いた。みんなお行儀《ぎょうぎ》が悪いと、プラムとセバスチャンとクロードの苦虫を噛み潰《つぶ》したような顔が浮《う》かんだが、取り急ぎ無視をした。

会議室に入ると、パウルと母親、そしてアーネストと係のおじさんの四人が居た。

顔や手の出血痕《しゅつけつこん》はなくなり、まだ痩《や》せてはいるが顔色の良くなったパウルを見てマグノリアは心底ほっとした。

「お嬢様！　この度は本当にありがとうございました」

部屋に入るなり、立ち上がって礼を取ったパウルと母親に、小走りで駆《か》け寄る。

「よかった！　かにゃり良くなったにょね！」

「はい。教えていただいた翌日から少しずつ回復しまして、驚きました……もっと早くお知らせすべきか迷ったのですが、ある程度回復をし、症状《しょうじょう》が戻らないことを確認してからのほうがお手を煩《わずら》わせないと思いまして本日となりました。御無礼《ごぶれい》をお許しいただくと共に、命を救っていただき、重ねてお礼申し上げます。本当に、ありがとうございました」

パウルと母親は深く頭を下げる。マグノリアは深い安堵《あんど》と喜びが入り混じり、なんと答えてよいものか言葉が出てこなかった。

「……頭を上げてくだしゃい。元気になった顔を見しぇて？　もう辛《つら》い所はにゃい？」

「はい……！」

パウルも感無量なのだろう。若干涙声《じゃっかんなみだごえ》だ。

「では、完全に不調が消えりゅまでは今の食事療法《りょうほう》を続けてくだしゃい。直ぐに止《や》めりゅとまた不調になりゅかもちれましぇん。余程《よほど》多く食べない限り、不要な分は自然に体外に排出《はいしゅつ》さりぇるはずなので、暫《しばら》くは摂取《せっしゅ》を心がけりゅとよいと思いましゅ」

マグノリアは注意点を述べ、パウルと母親の手を取って労《ねぎら》った。

「本当に、回復してよかったです。船内で治療をしている者達も、パウルと同じようにだいぶ回復して参りました。ギルモア嬢のお陰《かげ》です」

穏《おだ》やかな声のアーネストに向き直る。

「そりぇはよかったでしゅ。状態を確認出来にゃいので心配をちていまちた……一番症状が重い方は、如何《いかが》でしゅか？」

「幸い彼も回復を見せ、他の者の初期症状と同じ程度にまで回復しました。ですので直ぐに元の状態に戻るかと思います」

それを聞いて胸を撫《な》で下ろす。どの程度酷《ひど》い症状なのか解《わか》らないので、同じ対応でよいものか気が気でなかったのだ。

「そりょそりょ初めにお渡《わた》ちちたザワークラウトが食べらりぇるようになるかと思うので、様子を伺《うかが》おうか使いを出しょうと思っていまちた。後日作った分がありましゅので、必要な分をお持ち帰りになりましゅか？」

マグノリアが言うと、アーネストは笑って頷いた。

「大変助かります。先日の分と本日分を合わせて支払いをお願いできますか？」

「あい。初めにお渡ちちたものと同じ大きさの大瓶が三本ありましゅが、幾《いく》つお持ちになりましゅか？」

「可能であれば全て引き取りたいと思いますが……」

「解りまちた」

クロードからの手紙には、まだ正式に商品化していないのでマグノリアの好きに値段を

つけて構わないが、儲《もう》けが狙《ねら》いでないならばあまり高くせず、様子を見てはどうかと書かれていた。試作やお見本、お試《ため》しといった感じだろう。

買い物をした時に受け取った領収書を参考にして作った請求書《せいきゅうしょ》を見せる。

「今回は正式な商品とちての販売《はんばい》ではにゃいので、こちりゃで」

材料費と渡した野菜と果物分の料金を書いた料金を見ると、アーネストは眉《まゆ》を顰《しか》め、困ったような顔をした。お付きの男性に何かを言うとペンを取り出し、零を一つ書き加える。

「！」

「今回は、とても貴重な情報をいただいたのです。本当なら、これでも足りない程です」

「でも、まだ正式な商品じゃありましぇんち……」

「だからこそです。誰も知らない商品ということですよね？　それも航海病の。これ以上高くは買い取れますが、安くは買い取れません」

そう言うと、重そうな革袋《かわぶくろ》がジャリッと音を立てテーブルに置かれた。

どうしたものかマグノリアが困っていると、リリーとディーンのふたりが入室して来る。

取り敢えず、詳《くわ》しく説明をしてしまおうと、ザワークラウトを見せた。

「今回最初にお渡ちちたものと同じ日に作ったものでしゅ。このように中のキャベツが黄色っぽくなり、漬《つ》け汁《じる》が少し白く濁って乳酸発酵《はっこう》ちていたりゃ完成でしゅ。完成後は常温ではなく冷暗所に保管ちてくだしゃい。長期保管すりゅなら消毒ちた綺麗《きれい》な瓶と器具で小分けにちて、なるべく空気に触《ふ》れないようにちておくと雑菌《ざっきん》が入りにくいと思いましゅ」

説明をしながら瓶を開けて皿に少しずつ小分けにし、部屋にいるみんなに手渡《てわた》す。

「よろちかったら食べてみて下しゃい。このように、適度な酸味がありぇば出来上がりでしゅ。茶色くなり過ぎたり変な匂いや味がちたら、それは傷《いた》んでちまっていりゅので食べられましぇん。肉料理や腸詰《ちょうづめ》、魚料理等の付け合わちぇや、サラダなどに混ぜていただいたりと、生のまま食べりゅとビタミンCが壊《こわ》れにくいかと思いましゅ。スープなどの具材にしゅることもあったようでしゅが、その場合はごく短時間で火を通ちゅようにしゅると、栄養素が壊れにくいかと思いましゅ」

それぞれが口に運び、匂いを確認したり味を確かめている。

「なるほど……このままでも美味《おい》しいですが、色々とアレンジ出来そうですね」

「酒のつまみにもよさそうです」

「どうちても普段《ふだん》の食事で不足ちがちな成分でもありましゅから、航海病の予防だけでなく、普段から召ち上がっていただいても健康の手助けになりゅかと思いましゅ」

アーネストだけでなく、お付きの人もユーゴやイーサンも感心している。

マグノリアはリリーとディーン、ふたりと瞳を合わせてにっこり笑う。

「こんなに美味しくいただけて、航海病の予防や治療になるなんて……今後は船員の食生活にこちら以外にも、野菜や果物を取り入れようと思います」

「しょうでしゅね。有効成分の含有量《がんゆうりょう》は鮮度《せんど》にも左右されりゅかと思いましゅので、途中寄港しゃれる際に、都度お求めになりゅといいかと思いましゅ」

「本当に今回は数々の貴重なお話をありがとうございました」

アーネストは再び挨拶《あいさつ》をすると、綺麗な礼を取った。お付きの男性も後ろでアーネストと共に頭を下げる。

「デュカス卿とベルリオーズ卿も、こちらの事情を汲んでいただいてのご対応、大変感謝いたします」

ユーゴとイーサンも騎士の礼を返す。

その後、ザワークラウトを引き渡し、多いの多くないのとやり取りをしながら馬車まで見送りに立つ。

「もう返金は受付けませんので、今後の商《あきな》いにご活用ください」

「……しょれでは、お気持ちをいただくことにいたちましゅ……」

マグノリアが仕方なく折れる形に収まった。アーネストはマグノリアの無欲さに苦笑いをする。

「……実は、本国の商会から帰還命令《きかん》が出ておりまして。お会いするのは暫くないかと思い、ご挨拶に参りました」

「まあ、しょうなんでしゅか……」

「はい。航海病が出たために帰国を遅《おく》らせていたのです。回復の目途がついたので、報告も兼ねて先に帰国する予定です」

「ちゃきに？」

「はい。発症《はっしょう》した者は症状が改善するまでこちらに留《と》まる予定です。回復の様子をギルモア嬢《じょう》と騎士団にもご報告するように申し伝えてあります。何か私に連絡《れんらく》を取りたい場合は、停泊《ていはく》中のシャンメリー号にご連絡いただけましたら、日数は少しかかるかと思いますが、受け取れるようにも手配してございます」

まだ若いのにしっかりとした対応だ。マグノリアは感心しながらアーネストを見送る。

「それでは、ギルモア嬢。皆様《みなさま》。大変お世話になりまして誠《まこと》にありがとうございました。またお会いできる日を楽しみに。お気をつけてお過ごしくださいませ」

「アーネストしゃんも商会の皆《みな》しゃまも、お帰りの航海お気をちゅけて。またお会い出来る日を楽ちみにちておりましゅ」

アーネストは馬車に乗り込《こ》むと、笑顔で去って行った。

「……帰還命令か……」

馬車を見送りながら、ユーゴが呟く。

「何か気になりましゅか？」

「いえ。シャンメリー商会は、イグニスにある大きな商会で間違《まちが》いはないですが、彼が本当に商会の人間かは怪《あや》しいですね」

「身のこなしや言葉でしゅか」

マグノリアの言葉にユーゴは頷く。

「まあ、言葉は各国を渡り歩く仕事なので、長《た》けた者だったらおかしくはないのですが……身のこなしや仕草は一朝一夕《いっちょういっせき》には身につきませんからね」

「貴族なのでちょうね。そりぇも、身分の高い」

「でしょうね。元々イグニスは階級格差が大国に比べて緩いですから」

「……外交は面倒臭いでしゅね」

心底嫌そうな言い方に、ユーゴは低く笑う。

「でも、担《にな》う立場でしょう」

「いいえ」

マグノリアは朱鷺色の瞳で、遥《はる》か頭上にあるユーゴを見上げる。

「わたちは、ただのマグノリアでしゅ」

何も言わない鳶色《とびいろ》の瞳を見つめて、笑う。

「だってその予定なりゃ、わたちはここには居ないでしゅ。幸い辺境伯家の跡取《あとと》りはクロードお兄ちゃまでちゅし。ギルモア家はブライアンお兄ちゃまでしゅ。王妃候補の筆頭はガーディニアしゃまでしゅ！　わたちは自由なのでしゅ！」

ユーゴは困ったような顔で、ディーンとリリーと早歩きして……いや、走って行くお嬢様の背中を見つめた。

「しゃぁー！　事業立案に立ち上げ、やっるじょぉー!!」

「「おおーーーっ!!」」

枯葉《かれは》が舞《ま》い散る秋の空の下、拳《こぶし》を突《つ》き上げた小さなお嬢様と小さな従僕と、若い侍女の声が大きくこだましていた。…………。『事業立案』とは？　『立ち上げ』とは？

（…………。おいおい。いったい、何をやらかすつもりなんだ!?）

一瞬《いっしゅん》だけ、感傷的な気分に浸《ひた》っていた苦労人な部隊長は、張り切って何やら物騒《ぶっそう》なことを口にした三人組を問い詰《つ》めに、大股《おおまた》で追いかけた。

幕間 セルヴェスの悲憤

一方その頃《ころ》、王宮で会議に出席していたセルヴェスはギリギリと歯ぎしりをしていた。

(何なんだ、このクソくだらん会議は!!)

席に座る高官たちが横目で怒《いか》れるセルヴェスの表情を見ながら、少しずつ距離《きより》を取っている。そんな彼等のこめかみ辺りに冷汗《ひやあせ》が見えるようだ。

元々は王都を守り、辺境伯領に引っ込んでからは騎士団《きしだん》を率いて国境を守っているアゼンダ辺境伯家。戦争が終わった現在も国防に携《たずさ》わる身。そのうえなぜか軍部の仕事にも足を突っ込んでいるため、軍事関連の会議に呼ばれるならまだ解るのだが。

(何故《なぜ》こんな予算会議に呼ばれるんだ! それも端っこの辺境地から!!)

他にも軍部の人間が呼ばれて出席している……それならわざわざ呼びつける必要もないだろうと思うのだが。至急なら尚《なお》のこと、セルヴェスなど待たずに始めればよいものを。

そして内容は全然至急ではなかった。彼のあれこれには殆ど関係のない(?)ものだ。

ぐぬぬぬ。元々厳めしい顔が腹立たしさで凶悪《きようあく》さを増している。

（せっかくマグノリアと交流を深めようと思っていたというのに……！）

セルヴェスはこう見えて（？）大層子ども好きである。……あまりにも豪快《ごうかい》であり、更《さら》には戦時中で年がら年中戦地に駆り出されていたため自分の子ども達《たち》と関わる時間が少なく、彼の息子《むすこ》達《たち》にはあまり理解をされていないのが難点であるが。

更に見た目に似合わず可愛いもの好きでもあった。

自分を筆頭に、ゴリゴリ&脳筋な祖父と、がっしりした見目で息子には厳しい父。そして全方向どこもかしこもムキムキ筋肉な親戚《しんせき》一同。隠れマッチョかつ陰険《いんけん》な表情で微笑《ほほえ》む長男と、長身なうえ細マッチョ、更に不愛想《ぶあいそ》というトリプルコンボな次男。間違いなく筋肉マッチョ騎士になるであろう孫息子――それでも子どもと孫に関しては可愛いと思うが――生物学的な可愛らしさとは対極にいる人間ばかりに囲まれていたのである。これぞマッチョ地獄《じごく》。

そこに、非常に可憐《かれん》な孫娘が現れたのである。愛《め》でなくてどうするのか。愛でて愛でて愛でまくるに決まっているだろう！　なのである。

戦いに明け暮れた、人生ハードモードだった自分に齎《もたら》されたデザートタイムだと思っていたのに。ウキウキ・ルンルンな余生を送るのだ！　と楽しみにしていたというのに……

（誰だ、邪魔をした奴《やつ》は！）

ギンッ！　と人相悪く、宰相《さいしょう》、各大臣、そして王を見遣《みや》る。非常に怨念《おんねん》の籠《こも》ったような視線を向けられ、それぞれがビクリと身体を震《ふる》わせては視線を泳がせた。

しかし根が真面目な（？）セルヴェスは、悪魔《あくま》か鬼《おに》かという顔で席に座り続ける。何せ、仕事はどうもキッチリタイプであるらしいマグノリアに釘《くぎ》を刺《さ》されているのである。幾ら無意味な会議だったとはいえ、放り出して帰ったら叱《しか》られてしまうかもしれない。

「……役目は果たす……のだ……！」

(耐《た》えろ、セルヴェス‼)

サボり、駄目《だめ》。絶対。……噛《か》み締める歯の間から、小さな呻《うめ》き声が聞こえた。

「退《ど》け退け退け退けぇぇぇ‼」

会議の終了《しゆうりよう》の声を聞くや、鬼神《きじん》のようなセルヴェスが猛《もう》ダッシュで扉に向かって走って行く。ドアノブを掴《つか》んだ手に力が入り過ぎて蝶番《ちようつがい》が外れ、同時に扉が開くまで待てず蹴《け》り飛ばし、分厚い扉を半壊《はんかい》させた。

動線上にいる人間が全員、声も出せずに素早《すばや》く身を翻《ひるがえ》して難を逃《のが》れる。

「いつにもまして凄い剣幕《けんまく》だったなぁ。何か大事な用があるのに、無理やり呼び出されたのかもしれませんね？」

苦笑いをするのは、ギルモア騎士団《きしだん》と双璧《そうへき》をなすペルヴォンシュ騎士団を率いる『東狼《とうろう》侯《こう》』ことペルヴォンシュ女侯爵《こうしやく》。普段から荒事《あらごと》に携わっているためか、青褪《あおざ》めた男たちを尻目《しりめ》に涼《すず》しい顔でにこやかに嫌味《いやみ》も交ぜる。……出席する必要のない会議だと思っているのは彼女《かのじょ》も一緒らしい。

「修理代は辺境伯家に請求《せいきゅう》したらいいですよ」

苦虫を噛み潰したような顔の宰相に、ニコニコしながら提言する。そこへ、落ち着いた声が響《ひび》いた。

「失礼いたします。主《あるじ》が大変失礼いたしました」

アゼンダ辺境伯家タウンハウスの家令・トマスだ。……何故《なぜ》彼《かれ》が王宮にいるのか……

「只今《ただいま》すぐに修理させていただきます」

そう言う後ろで、タウンハウスに駐屯《ちゆうとん》中の騎士達《きしたち》が手慣れた様子で扉を付け替え、ヒビの入った壁《かべ》を職人の技で手直しする。テキパキ動く姿に、全員が瞳を瞬《しばた》かせた。

「終了いたしました。改めまして、皆様にはお詫《わ》び申し上げます」

白髪《はくはつ》をピシリと撫でつけたトマスが優雅《ゆうが》に礼をとった。思わず東狼侯《とうろうこう》以外の全員が頭を下げる。ある種予定通り、想定内の出来事なのであろう。チリもヒビも何一つない。

駄目押《だめお》しとばかりに、騎士のひとりが『壁塗《かべぬ》りたて注意』の紙をぺたりと張り付けた。

（マグノリアァァァァァァッ！　今帰るぞーーーー!!）

セルヴェスはといえば、王宮の豪華《ごうか》な回廊《かいろう》を猛然と厩舎《きゅうしゃ》に向かって一直線に爆走していた。

エピローグ　それぞれの日常へ

船は海を滑《すべ》るように進む。港を出てだいぶ経《た》つので、もう島影《しまかげ》も見えなくなった。

アーネストは金の髪《かみ》を潮風に靡《なび》かせながら、見えない景色を追うかのように眺《なが》めていた。


「お名前をきちんと名乗られなくてもよかったのですか？」

「……私の名前は『アーネスト』でも間違いではないよ？」

「それはそうですが……」

侍従《じじゅう》は苦々しい顔でアーネストを見遣る。

「ギルモア様を娶《めと》られるおつもりですか？」

思い切って切り出すと、思ったよりも振《ふ》り返る顔は穏やかな表情だった。

「あちらは大国アスカルドの王妃《おうひ》候補だよ。私はしがない中規模国の……一貴族だよ？

どんな身分差なの」

年も離れているしねぇ、と言って笑う。

「十一歳《さい》など、珍《めずら》しい差でもありますまい。それに一貴族などでは……」

「んー？　政略めいているよねぇ」

言葉を遮《さえぎ》るように言葉を被《かぶ》せる。そして苦笑いのまま、侍従のほうへ身体を向け直した。

侍従とは、マグノリア達につれない態度をとった『係のおじさん』だ。

「『亡国の妖精姫《ようせいひめ》』の末裔《まつえい》でしょう？　きっと、これから大変だよ」

「そうでしょうな……未《いま》だ幼いですがあの美貌《びぼう》、気立ての良さ……ましてやあの知識。戦乱が再び起こらねばよいですが……」

「だから、ギルモア侯爵は隠《かく》していたのもあるのだろうね」

侍従は無言で肯定《こうてい》を返す。

「でも、そのまま隠れるようなお姫様《ひめさま》じゃなかった」

「才があり過ぎるのも、時に酷《こく》なことでございます」

色々な事々や思いを含《ふく》んだ侍従の言葉に、アーネストは金色の睫毛《まつげ》を潮風に震わせた。

「まあ、妖精姫は悪魔将軍と黒獅子《くろじし》の守護の内さ。今の大陸で考えられる最強の鉄壁《てっぺき》だ」

「…………」

再び見えない陸をなぞるように、髪と同じ金色の瞳が水平線を滑った。

侍従はため息を呑《の》み込んで、青い波を見つめた。

その頃マグノリアは、使いの鴉を待っていた。

要塞《ようさい》の鋸壁《きょへき》から瞳を出して空を見上げている。背が低いので、鼻から下は壁に隠れてしまっているのはご愛敬《あいきょう》だ。大きな丸い瞳がクリクリと動いている。

（今度、私も伝書鴉飼おう。電話もメールもＳＮＳもないんだから、めっちゃ不便！）

「見ていても鴉は飛んできませんよ。到着《とうちゃく》したらお知らせしますが」

珍しくイーサンが声をかけてきた。空を眺めたままマグノリアは生返事をする。

「うん……しょうなんだけど。そりょそりょ帰らないと、おじいしゃまが帰って来りゅと思うの」

「……自分の屋敷《やしき》なんですから、先触《さきぶ》れなんか出さなくても自由に帰ったらいいですよ」

「うん。しょうなんだけどねぇ」

イーサンはピンク色のつむじを見ながら問いかける。

「今後、ザワークラウトの工房《こうぼう》を作るのですか？」

「しょうだね。畑かりゃ作るちゅもり」

「……畑から？」

「うん。シュラム街の人や雇用《こよう》が難ちい人、困ってりゅ人の就職先に、畑から製造、可能なら販売まで一貫《いっかん》ちて出来りゅようなのを、どーんと」

「…………。ははは」

視線は空を見上げたまま、マグノリアは『どーんと』に合わせて大きく腕を広げる。

壮大《そうだい》な計画に、イーサンは可笑《おか》しそうに笑った。

「空いてりゅ農地も使えるちね」

「一時的にはよいでしょうが、真似されたら直《す》ぐに立ち行かなくなりますよ」

「うん。広まって、病気がなくなったりゃいいと思う。本当は別の野菜のほうが効率がよかったから、春・秋・冬はキャベツ、夏はパプリカを使って作りゅよ」

ふたりは淡々《たんたん》と会話を続ける。

「なるほど。別の商品がすでに構想にあるのですね……」

「うん。というか、航海病の話を聞かなかったらザワークラウトとピクルスは思いちゅかなかったかも。畑はあくまで彼等の自給自足用で……別の、食べ物じゃない製品を使って事業をすりゅつもりだったから」

「…………」

違《ちが》う事業。事もなげに言うマグノリアのつむじを、イーサンはまじまじと見つめる。

「……それで、クロード様に窓口になりうる西部を見に行くように言われたのですか？」

「うん？」

イーサンの言葉に、初めてマグノリアは顔を上げた。

朱鷺《とき》色の瞳を瞬かせて、首を横に傾《かたむ》ける。――イーサンの緑色の瞳を見て、察する。

「……あー、本当はお兄ちゃまも来たりゃ面倒は少なかったよねぇ。実際、工房の立ち上げ方とか手続きとか解りゃないから、おじいしゃまかお兄ちゃま任せになりゅもんね」

「輸出には西部が窓口になるでしょうからね」

「しょうね～。航海病に関すりゅものだかりゃ、特にね。まあ今回は事業の下見に来たわけじゃにゃくて、患者《かんじゃ》しゃんの手助けをと思って来たんだけど」

別に会社員じゃないのだから、査定があるわけでもボーナスが上がるわけでもないのだ。手柄《てがら》が何処《どこ》であろうが構わない。実際、起業の知識はこれっぽっちもない上に居候《いそうろう》をしているのだから、迷惑料《めいわくりょう》としてクロードでもセルヴェスでも、好きなほうの考えだと思えばよいのだ。そのほうが色々と煩わされることも少なくなるだろうから、却《かえ》って都合がよいだろう。敢《あ》えて勘違《かんちが》いを改めることもせず、そのまま流す。

（つーか。四歳児《よんさいじ》に新事業の下見に来させるって本気か？　それだけで充分驚愕《じゅうぶんきょうがく》するわ）

ただ、純粋《じゅんすい》に航海病を解決に来たことだけは念押《ねんお》ししておく。

そこは譲《ゆず》れないし、ましてやついでだとか思われたくもない。

「あ、来た！」

遠くに、一羽《わ》の鳥が羽ばたく姿が見える。マグノリアの声に、視線を上げたイーサンの目にも近づく黒い影《かげ》が見えた。

カー、と来訪を知らせるように鳴く鴉は、ぐんぐんとスピードに乗り、その姿を大きくする。イーサンが腕《うで》を上げると、旋回《せんかい》してゆっくりと降り立つ。鴉は本当に賢《かしこ》い。マグノリアはそっと優《やさ》しく黒い羽を撫でる。羽はほのかに温かく、応えるように小さくクァァとひと鳴きした。

足元に用意しておいた水と餌《えさ》を差し出す。早速《さっそく》と言わんばかりに啄《ついば》み、水を飲む。

イーサンは手紙を外すと、マグノリアに渡してくれたので急いで開く。

『状況《じょうきょう》を色々整理するために、落ち着いて可能なら一度帰ってきなさい』。

几帳面《きちょうめん》な字でそう書かれていた。

「ベリュリオーズ卿《きょう》、こりぇ、結んでくだちゃいまちぇ！」

既《すで》に、明日帰ると書かれた手紙を持参していたマグノリアは、急《せ》かすようにイーサンに手紙を渡す。珍しく子供らしい様子に、イーサンは微《かす》かに目を細め、通信筒《つうしんとう》に手紙を入れて、鴉を放った。

そしてイーサンは姿勢を正し、小さな領主代行へ騎士の礼を取った。

きちんとけじめが必要だと考えるから。一方のマグノリアは丸い瞳を瞬かせた。

＊＊＊＊＊

初めはお世話になったお礼にケーキでも作ろうかとマグノリアは思ったが、リリーに砂糖と蜂蜜《はちみつ》の値段を聞いたら結構高くてびっくりした。それなら甘《あま》くないケークサレを……と思ったが、アセロラを探すついでに確認したが、ベーキングパウダーも重曹《じゅうそう》も見当たらなかったのだ。

(……ホットケーキミックスのない世界……)

がっくりと肩《かた》を落とす。念のため、ベーキングパウダーの中身に思いを巡らすが……重曹と、コーンスターチもしくは片栗粉《かたくりこ》、しか思《おも》い浮かばない。

(何か、化学変化させるものが必要なんだっけ？　成分的にレモン汁でもいけるのか？)

そう思ったものの、先の通り重曹自体が見当たらなかったのだ。

たまたま品切れかと思い聞いたら、知らないと言われた。

(天然の重曹って、確か鉱石だったよなぁ……つーか、異世界転生は絶対理系の人を選出すべきだわぁ……)

最近の思考がビタミンだ酸化だ病気だと、理系な方向に偏《かたよ》っていたので尚のことそう思う。きっと抗生物質《こうせいぶっしつ》とかを作れればこの世界の生存確率も治癒率《ちゆりつ》も、各段に良くなる筈《はず》だ。

――理系の人といえ全員が全員、道具や機器がない状況でカビとか微生物《びせいぶつ》から薬を作れというのも無茶振《むちゃぶ》り過ぎるだろうとは思うが。

（まさか、お菓子作るのに重曹の原料発掘《はっくつ》から必要になるとは思わなかったわ～）

確実に中世でも手に入りそうなもので、幼女でも作れる簡単かつ力が必要でない、そこまで時間がかからないもの……と考えると、マグノリアの知るものの範囲《はんい》では、ベイクドチーズケーキしか思い浮かばなかった。

リリーとディーンにはやっとお休みをしてもらう。

暇《ひま》な三日間も休みのようではあったものの、病気が大丈夫《だいじょうぶ》そうだという確信があるのとないのとでは全くもって気持ちが違うというもの。

せっかくなので、クルースにでも観光してきてはと伝え、ついでに帰りに蜂蜜を買ってきて欲《ほ》しいとお願いした。

朝食時、クルースの詰所《つめしょ》に行く騎士にお願いをして、途中《とちゅう》までふたりに同行してもらうことにした。帰りはふたりに再び詰所へ寄ってもらい、こちらに戻《もど》ってくる騎士と一緒に帰って来るように話をつけた。

お礼に使う分のチーズ、牛乳か生クリーム、卵、バター、小麦粉は、寮母《りょうぼ》さんにお願いして出入り商人に多めに届けてもらうよう頼《たの》む。材料費はユーゴかイーサンに渡《わた》しておけば、然《しか》るべき部署に渡してくれるであろう。レモンは先日大量に買った際、幾つか残してある。

夜。調理場の鍋《なべ》や型に直接、フロマージュっぽいもの、砂糖、卵、バター、小麦粉、牛乳、レモン汁とレモンの皮のすりおろしを順番に入れていき、木べらで混ぜて平らに均《なら》す。もう一方には、硬《かた》いチーズを削《けず》ったもの、砂糖、卵、バター、小麦粉、牛乳、レモン汁と皮のすりおろしを。生地《きじ》の硬《かた》さはチーズの水分量によっても違うので、牛乳で適当に調整する。材料の分量も前世で作っていたものを思い出しながら、目算で入れる。

……お菓子作りが好きな人やプロに言ったら、間違いなく怒られそうな作り方だ。

日本でも慣れると秤《はかり》を使わず、クッキーなどは適当に作っては友人にズボラ過ぎると呆れられたものだが、それが功を奏したようだと思う。

取り敢えずオーブンで焼いてみようと思ったところで、リリーが手伝いにやって来た。

ディーンは既に夢の中とのことである。

「火は危ないですから、私がやりますよ？」

休んでいて構わないと言われたものの、やはり心配で調理場を覗《のぞ》いたリリーが言うので、素直《すなお》に頷《うなず》いて焼いてもらう。タイマーも温度設定もないのだ。マグノリアには扱《あつか》いきれないであろう。

「……いい香りですねぇ」

「上手《うま》く出来たりゃ幾ちゅか作って渡しょう」

お菓子《かし》の焼ける香りが漂《ただよ》う中、リリーが港町で見た珍しいお土産《みやげ》の話や変な果物、肌《はだ》の色の違う沢山《たくさん》の人々のことなどを話してくれたので、うんうんと頷きながら聞く。

普段来ることのない土地を、短い時間ではあるが楽しめたようで安心する。

「もう焼けたかもしれませんね？」

やけどをしないよう慎重《しんちょう》に取り出すと、綺麗な黄金色《こがねいろ》の焼き色がついたお馴染《なじ》みのケーキが焼きあがった。粗熱《あらねつ》が取れたところで型から外し、少し切り分けて味見をしてみる。

「……大丈夫っぽい。冷やちても美味ちいけど、こりぇはこりぇで美味ちいかも」

リリーには大きく切ってスプーンを渡す。

「こりぇ食べてて？　その代わり、オーブンで焼くのを見てくりぇる？」

「解りました」

「一度に何個並べられりゅかなぁ……」

そうしてベイクドチーズケーキもどきを次々と焼いて、要塞で過ごす最後の夜は更《ふ》けて行った。

「みなしゃん、お世話になりまちた。心ばかりでしゅが召ち上がってくだしゃいましぇ！」

次の日の朝、ベイクドチーズケーキはあっという間に騎士達のお腹《なか》に収まった。

イーサンが何やら難しい顔をしながら食べていたが、それ以外は概《おおむ》ね好評だったみたいでほっと胸を撫で下ろす。寮母さんもえらく褒《ほ》めてくれて、是非《ぜひ》作りたいというのでレシピ……と言えないようないい加減なレシピを教えておいた。失敗したらスンマセンと先に謝《あやま》っておく。

口々にお礼を言われ、帰宅を残念がられ。

若干《じゃっかん》暑苦しいものの、気のよい騎士達にこちらも笑顔《えがお》になる。

あっという間の七日間で、色々な事があった。感慨《かんがい》深《ぶか》く要塞のそこかしこを眺める。

何よりも、無事に航海病患者《かんじゃ》が治癒《ちゆ》に向かい、本当によかったと思う。

安堵と達成感が全身を満たした。

迎《むか》えに来た騎士は、例の護衛騎士だった。

「………………」

「…………」

暫くお互《たが》い無言で見合った後、どちらともなく苦笑いを漏《も》らした。

門の前に、沢山の西部駐屯部隊の騎士達が整列している。

「みなしゃま、七日間色々とお気遣《きづか》いとご対応いただき、あいがとうごじゃいまちた。これからも地域や領民、国境や国民を守るために御尽力《ごじんりょく》いただけりぇばと思いましゅ。今後もみなしゃまのお力添《ちからぞ》えに期待ちておりまちゅ。怪我《けが》や病気には気をちゅけて、お仕事に邁進《まいしん》してくだちゃいませ」

「は！」

騎士らしい、気合の入った返事と礼が返って来た。マグノリアとリリー、ディーンもそれぞれ礼をとる。

「デュカス卿、ベリュリオーズ卿。おふたりには特にお世話をかけまちた。お忙ちい中急な来訪にもかかわらずのご対応、あいがとうごじゃいまちた」

馬車に乗り込む間際《まぎわ》に、前に出ているふたりを労う。

厳《いか》めしいが意外に人の好《よ》い笑顔でユーゴは小さく頷く。イーサンも頭を下げる。

「いえ。お嬢様《じょうさま》と辺境伯《へんきょうはく》家の迅速《じんそく》なご対応に、騎士団一同感謝いたします」

何か航海病に進展や変化があったら連絡してもらうように伝える。

そうして西部駐屯部隊の騎士達に見送られながら、一行の乗る馬車はゆっくりと動き出した。

「……行ったな」

「……そうだな」

小さくなる馬車を見送りながら、ユーゴとイーサンは小さく呟《つぶや》く。

「……まさか本当に解決するとは」

「有り得んな」

未だ信じがたいと言わんばかりのイーサンの口調に、ため息と共に苦笑いが浮《う》かぶ。

「そうだな。嵐《あらし》のようなお嬢様だったな」

小さくって生意気で、こまっしゃくれた規格外のお嬢様。そして見事な采配《さいはい》。

イーサンは不敬を謝罪し処分を願い出たらしいが、面倒《めんどう》なのでいらんと断られたらしい。

「……そう言えば、客間にお前への贈《おく》り物が置いてあったぞ？」

ニヤリと嗤《わら》うユーゴの様子に、イーサンは眉を顰めた。

＊＊＊＊＊

マグノリアの瞳《ひとみ》には、以前と変わらない景色が映っていた。

窓の外には流れるような緑と赤、眩《まばゆ》い秋の陽を映し込んだような黄色に色づく一面の雑木林が広がっている。そしてあちこちに点在する蒼《あお》と碧《あお》の湖。美しく愛すべきアゼンダの景色だ。

「騎士しゃん……今日も見つかっちゃったの？」

「……いえ。今日は丁度、館の護衛当番だったのです……」

後はお察しだ。一応騎士の顔を見て、クロードも言い辛《づら》そうに迎えに行くようにと言っていたそうなので、多少の気遣いは行えるようになったとみえる。

マグノリアは心の中で苦笑いをした。きっと館へはあっという間に着くだろう。

小さな中心街を抜《ぬ》け再び緑が増えだすと、遠くに領主館が見えてくる。

それなりには大きいが、領主の館としてはこぢんまりしているほうだろう。

小さな薄茶《うすちゃ》のレンガの壁に茶色い瓦屋根《かわらやね》。蔦《つた》の這《は》った壁にはピンクと白の小さい花が咲《さ》いている。筋肉ダルマの大男と、気難し屋の大男が住んでいる家。

最近、小さい舌っ足らずなお嬢様が加わった。

窓から屋敷のほうをみると、気難し屋の大男である叔父《おじ》と、使用人と屋敷を警護する騎士らしき人々が、正面にずらりと勢ぞろいして到着を待っている。一週間ぶりの我《わ》が家《や》だ。

「……あの土煙《つちけむり》はなんですかね？」

正面の道の遥か向こう。もくもくと土煙を上げながら、何かが猛烈《もうれつ》な勢いで近づいて来る。怪訝《けげん》に思いながらも馬車を降りると、到着を待っていた一同の前に降り立った。

挨拶をする前に、みんなで土煙の方向を見遣る。蹄《ひづめ》の音と地響《じひび》きと。

「マグノリアァァァァア！！！！」

地を這うかのような大きな濁声《だくせい》に、驚《おどろ》いた野良猫《のらねこ》が草陰《くさかげ》から飛び出し、木々にとまる鳥は騒《さわ》がしく飛び立ってゆく。

クロードはため息と共に眉間《みけん》を揉《も》み込んだ。

「……父上だな」

土煙の原因である。この地の領主であり、マグノリアの祖父であるセルヴェスは愛馬から飛び降りると、そのまま猛然《もうぜん》としたダッシュで走り出し、ぐんぐんと、とても齢《よわい》六十とは思えないスピードでこちらへ向かって来る。

かつての世界の陸上選手も真っ青な、軽快かつ恐《おそ》ろしいスピードである。

「おじいしゃま！　お帰りなちゃいましぇ!!」

マグノリアは笑顔で早歩k……走り出すと、広げられた祖父の腕の中に飛び込んだ。

あとがき

本作をお手に取っていただきまして誠にありがとうございます。

第二巻ではマグノリアが新天地に到着！　そして早速元気に、周りの改善のために行動を起こして参ります。……既に振り回されることが確定した方々の不安をよそに、どこ吹く風で問題解決に邁進して行きます。

同時に、自分を愛してくれる人たちと新たな居場所とをみつけたマグノリア。今後更に伸び伸びと行動に拍車をかけて行くのではないかと思います。

そんな本作ですが、日野彰先生によるコミカライズが集英社・ウルトラジャンプ様にて間もなく連載開始となります！　一ファンとしてドキドキ・わくわくしております。

どうぞ漫画と小説と合わせましてお楽しみいただけましたら幸いです！

最後に、今回も刊行するにあたりお世話になりました皆様と、この本をお読みくださいました皆様にこの場をお借りしまして心より感謝申し上げます。ありがとうございました。

清水　ゆりか

HJ NOVELS
HJN82-02

転生アラサー女子の異世改活 2
政略結婚は嫌なので、雑学知識で楽しい改革ライフを決行しちゃいます！

2024年4月19日　初版発行

著者——清水ゆりか

発行者—松下大介
発行所—株式会社ホビージャパン
〒151-0053
東京都渋谷区代々木2-15-8
電話　03(5304)7604（編集）
03(5304)9112（営業）

印刷所——大日本印刷株式会社

装丁——内藤信吾（BELL'S GRAPHICS）／株式会社エストール

乱丁・落丁（本のページの順序の間違いや抜け落ち）は購入された店舗名を明記して当社出版営業課までお送りください。送料は当社負担でお取り替えいたします。但し、古書店で購入したものについてはお取り替えできません。
禁無断転載・複製

定価はカバーに明記してあります。

©Shimizu Yurika

Printed in Japan

ISBN978-4-7986-3511-8　C0076

ファンレター、作品のご感想お待ちしております

〒151−0053　東京都渋谷区代々木2−15−8
(株)ホビージャパン HJノベルス編集部 気付
清水ゆりか 先生／すざく 先生

アンケートはWeb上にて受け付けております（PC／スマホ）

https://questant.jp/q/hjnovels

- 一部対応していない端末があります。
- サイトへのアクセスにかかる通信費はご負担ください。
- 中学生以下の方は、保護者の了承を得てからご回答ください。
- ご回答頂けた方の中から抽選で毎月10名様に、HJノベルスオリジナルグッズをお贈りいたします。